夢想不會逃走，逃走的往往只是自己

成為自由人的腦，38 種讓你隨心享受工作、夢想、休閒的觀念

自由人 高橋步◎著

詹慕如、白璧瑩◎譯

推薦　高橋步

我特地為這本書而買了一本小筆記本，
因為裡面的字字句句都在撼動著我，
所以我不得不常常提醒自己反覆練習……
因為我現在的人生目標，就是內心能夠得到自由。
所以這本書適合「真心想要轉變的人」，
只要願意行動，只要願意練習，
自由就會離我們愈來愈近。
當然，一切都要從閱讀這本書開始。

前言

滝本洋平（A-Works）

著作累計冊數超過兩百萬本的暢銷作家，在世界各地推展不同領域事業的企業家，推動自由學校和震災重建活動的ＮＰＯ法人理事長，環遊世界的旅人，深愛家族、兩個孩子的父親……同時也是被稱為「自由人」的男人，高橋步。

我跟他是共同經營公司已經十多年的工作夥伴，同時也是書籍作者和編輯的搭檔。

高橋步在二十歲時大學中輟，開了一間美國酒吧，在兩年之內推展為四間分店。

二十三歲時，他放棄酒吧的經營權，為了出版自傳，在身無分文、沒有任何經驗的狀況下設立了出版社「SANCTUARY出版」。還曾經背負三千萬日圓的債務，但後來成功逆轉。推出自傳《每天都是冒險》等許多暢銷作品。

接著在二十六歲時，與深愛的她結婚。

他把出版社讓給夥伴，讓所有頭銜歸零，在婚禮三天後跟妻子兩人一起環遊世界。經過大約兩年時間，從南極流浪到北極，走遍數十個國家後回國。

之後他移居沖繩，開設咖啡酒吧＆海邊民宿「BEACH ROCK HOUSE」，吸引了來自日本各地的年輕人，甚至以沖繩為震源，引發劇烈迴響，留下種種傳說。但是在四年後，他突然宣布結束營業。

接著，他將全副心力放在經營「BEACH ROCK HOUSE」的同時已逐步進行的計畫，在北部的山原之森打造出充滿音樂、冒險、藝術的自給自足藝術村，「BEACH ROCK HOUSE」。

同時他也持續執筆，在東京、紐約自行設立出版社，在英語國家、韓國、台灣等世界各地出版著作……在東京、福島、紐約、峇里島、印度、牙買加開設餐廳酒吧或旅店民宿……在印度、牙買加為了當地貧苦兒童設立自由學校……活動範圍遍及全球。

他的著作在韓國創下暢銷紀錄，在美國則被定位為藝術書籍，展示於「紐約近代美術館」（MoMA）中。在紐約開設的餐廳「BOHEMIAN」贏得世界知名導覽「ZAGAT」評為紐約最佳的三十間餐廳之一，在國際上的評價也日漸升高。

二〇〇八年，為了紀念結婚十週年，他帶著妻子和六歲的兒子、四歲的女兒一起搭上露營車，開始環遊世界的家族旅行。

原本自在悠遊於世界的旅途，因為二〇一一年東日本大地震而中斷，他立刻回國趕赴災區，並且成立志工村，接待了兩萬五千多名志工從事救災活動。

以宮城、福島為中心的災區重建活動，至今仍與夥伴們持續進行，二〇一二年，曾榮獲日經社會創意大獎的東北支援復興部門獎。

時間來到二〇一三年。

結束了前後四年的家族環球之旅，他遷居到夏威夷大島。

現在他又朝著新的夢想，往前邁進。

他就像還帶著孩提時的感覺一樣，接二連三地冒出許多新奇點子，全心樂在其中，將最愛的遊戲化為工作，這樣的身影深深吸引著周圍的人，同時也漸漸將大家拉進他的圈子裡，然後漸漸擴大。

這是個順從自己心裡聲音、任意隨興，活在夢想和冒險中的男人。

他，就是自由人，高橋步。

我跟高橋步共事十多年，也學會了許多事。

在他不受任何束縛、聽憑靈感帶領自己實現各種夢想的「強大」行動背後，總是存在著「簡單」卻又非常深奧、獨特的思考。

而他思考的主軸，也就是他人生的美學，無論何時何地，都不曾動搖。

在共事的過程中，我從會議上、餐席間、平時聊天閒談、座談演講、接受採訪……等，從他所說的各種話語中擅自擷取整理出「高橋步簡單又強大的思考」，匯集成本書。

他的思考並沒有困難的技巧。

簡單地說，就像是一種「習慣」。

不過只要能養成這種簡單思考的習慣，人生一定能過得更輕鬆。高橋步的大腦裡，藏著滿滿的線索。

工作、夢想、玩樂。

都要自由、都要隨心所欲地盡情享受。

走吧，讓我們來一窺自由人大腦的奧妙。

目次

CONTENTS & KEYWORDS

目次

CONTENTS & KEYWORDS

目次

CONTENTS & KEYWORDS

No.01

關於「你想要做什麼？」

DESIRE

Keyword: 1

如果什麼都辦得到，
你想要做什麼？
帶著這樣的觀點看世界，
一定能看見
許多自己想做的事。

DESIRE 關於「你想要做什麼？」

在我二十歲時看了《雞尾酒》這部電影，找到「想擁有自己的店當個酒保！」這個夢想之前，完全不知道自己想做什麼事。

重考一年後進了大學，在國中、高中和重考那一年，心裡都一直覺得「只要我知道自己想做什麼，我的人生一定可以變得更美好」。

可是，當時的我只會嘴上說著「不想當上班族」，一被問到「那你想做什麼？」時，卻什麼也回答不出來。

回頭看看那時候的自己，回顧這二十年來的過去，我發現自己總是在「自己可能辦得到的事」當中，尋找夢想或想做的事。

這當然不可能帶來雀躍的心情，也不可能從中發現自己真正想做的事。

在那時候，我讀了許多人的自傳，也聽了許多前輩的故事，我發現就算在二十多歲時沒有太大成就，之後一樣可能發現夢想或自己真正想做的事情，並且實際去實踐。

因此，我開始換個想法，「其實我還有無限可能，沒什麼辦不到的」。

然後我慢慢告訴自己，「放鬆一點，慢慢尋找自己想做的事吧」。我也開始問自己，「先別管自己辦不辦得到，假如什麼都辦得到，那麼自己真正想做的事是什麼？」「如果收集到七顆龍珠，我會想做什麼？」

帶著這樣的觀點來看世界，我發現自己想做的事多得不得了。

不管看雜誌、書籍，或者電視，我都覺得有太多太多有趣的事，人生從此變得好愉快。

能不能真正辦到，之後再想就好。

「假如我什麼都辦得到」，帶著這樣的想像來看世界，自己的欲望可以獲得解放。

大家往往在不知不覺中先入為主地把「自己內心深處真正渴求的東西」判斷為「不可能」而封鎖掉，進入不了自己的視線。所以只要拆掉這些框架就行了。

重要的不是「辦不辦得到」，而應該用「想不想做」來判斷。

舉個我自己的例子吧。

DESIRE
關於「你想要做什麼？」

二十六歲跟妻子沙耶加結婚時，我問她：

「如果妳手上收集到七顆龍珠，所有的願望都會實現，妳想做什麼？」

沙耶加聽了回答我：「嗯。如果只能有一個願望的話，我想跟你一起環遊世界。」

聽到她這句話時，我的腦裡頓時靈光乍現。

我當下決定，怎麼能不去呢！

我馬上買了前往澳洲的機票，在那之後又接了許多粗工拚命賺錢，在結婚典禮三天後，我和妻子一起出發，踏上一趟沒有期限的環球旅行。

「先別管辦不辦得到，如果什麼都辦得到，那你想做什麼？」

只要能帶著這樣的觀點，一定能看見許多自己想做的事。

在電影和書籍裡，也充滿著無數的夢想。

未來的道路是自由的。

數不盡的道路，在你眼前無限延伸。

No.02

關於「機會」

TRIGGER

Keyword: 2

沒有人是帶著
「好！我接下來要遇見能改變人生的契機」
的想法而因此改變。
所謂的契機，
其實就藏在日常生活微小的細節當中。

能讓我們有重要領悟的，永遠不是在電腦前，而是在晴空下。

這是我在之前出版的書籍裡寫下的一段話。以我自己而言，確實是如此。實際拜訪覺得可能不錯的地方；或者聽朋友說起他們想做的事，覺得「真有趣！」決定一起投入；或者在閱讀書籍時，發現了美食資訊，親自登門造訪……

人生就像這樣，不斷嘗試自己感興趣的事物，進而改變人生。

我讀了許多人的自傳後察覺到一件事，很少人會帶著「好！我要遇見改變人生的關鍵！」因而改變，所謂的契機，就存在日常生活微小的細節當中。在現場演唱會中聽到的音樂，偶然在酒館裡遇見的朋友，以及和朋友之間聊天的話題，收音機裡傳出的某個句子……大家都是在這些點滴當中，遇見改變自己人生的契機，發現到「就是這個！」解放了自己的欲望。

所以，**只要覺得「好像很有趣」，我覺得也不需要想太多，不妨放鬆心情大膽去嘗試。**

到目前為止我嘗試過許多事，每次都是和夥伴興匆匆地討論，「不如試試這個，應該很有趣吧！」然後直接付諸執行。

小學二年級的時候，我看到祭典廟會上賣的小雞，跟朋友熱中地談起「我們一起把這小雞養大吧！」但我們當時住的是國宅，不能在家裡養雞，於是我們開始在賣小雞的商店旁認真籌劃，「該怎麼辦好呢？」

「拜託公寓的管理員伯伯幫忙吧？」有個傢伙想到了這個點子，「好耶，這主意不錯。」說著，大家跑回國宅去見管理員伯伯。

我們十個朋友一起拜託他，「求求你，讓我們養吧！」大概是敗給我們的熱忱，伯伯終於答應了。於是我們一起買了六隻小雞，瞞著家長偷偷養在管理員室。

我們十個人輪班照顧，輪值的那一天會把自己的晚餐等食物偷塞在口袋裡，為了不讓家長發現，隨口編個理由，「我去朋友家一下」，到管理員室，餵小雞吃東西。

後來，這些小雞真的讓我們養大了！

我們一起帶著這些長大的雞在家附近遊行。

大家一起思考方法、合作餵飼料，真的把小雞給養大，我至今還記得當時心裡的強烈感動。

現在的我，跟當時做事的態度也沒什麼兩樣。

大家先一起熱鬧討論著，「要不要試試這個？」「那就做做看吧。總之先試了再說！」一切就是這樣開始，再漸漸化為現實。

曾經有人對我說：「阿步，你的身邊總是充滿許多令人雀躍的事，真羨慕你。」我想這可能是**因為我打開了我的「雀躍感應器」**吧？

這也可以說是一種觀察世界的天線，或者說視線，我先假設自己什麼都辦得到，然後再用「有沒有什麼新鮮事？」的眼光來觀察這個世界。

我猜想這種個性可能是受到小時候母親的影響。

每當晚上全家人一起坐在餐桌旁時，我母親一定會問我：「阿步，今天有沒有遇到什麼好事？」

為了想好好回答，每天我都盡力在尋找「**有沒有什麼好事、開心的事？**」

在這樣的過程當中，我的雀躍感應器變得愈來愈敏銳，也養成了用「有沒有有趣的事？」這種眼光來看世界的習慣。

每當跟夥伴聚在一起時，說完自己覺得愉快的事後，我一定會問大家，「最近有沒有什麼有趣的事？」「最近過得如何？」這麼一來，現場的氣氛自然而然進入「大家一起來聊些開心事」的氣氛，洋溢著雀躍的氣息。

相反地，如果問「最近有沒有發生什麼討厭或難過的事？」這類東西也會很容易聚集到自己身邊。

有一位讀過我的書的美髮設計師曾經說過，工作的時候他開始養成習慣，問客人「最近有沒有發生什麼愉快的事？」於是，他的生活開始出現了戲劇化的變化。我想其實道理都是一樣的。

如果能養成打開雀躍感應器的習慣，我相信這個世界上一定處處都是新鮮事。在這樣雀躍有趣的生活當中，或許就有著足以改變你人生的東西在等待著呢。

全面啟動雀躍感應器，
大膽展開行動吧！

No.03

關於「第一步」

FIRST STEP

Keyword: 3

明明腦中有感動，
卻找了各種理由不去行動，
等於自己親手扼殺了自己的可能性。

FIRST STEP

關於「第一步」

在我的心中有這麼一條守則。

「遇到自己覺得有趣的事，總之先試再說。」

一直到二十歲左右為止，有一段時期我會去思考自己擅長或不擅長的事，像求職時的「自我分析」一樣企圖去「了解自己」。但是最後，我發現愈是試圖自我分析或了解自己，反而愈來愈搞不懂自己。

與其這樣煩惱，**還不如遇到有趣的事先試了再說。然後，「親身」體驗自己到底覺得哪裡有趣、到底是喜歡或討厭這件事。我覺得這種方法更重要，也更值得相信。**

從年輕時起，我真的涉足過許多不同的領域。

比方說，重考那一年，看到萬寶路（香菸品牌）廣告中出現的牛仔，我的大腦頓時閃過一道光。牛仔的身影在我眼中顯得萬分耀眼，我心想，「我非得當個牛仔不可！」於是馬上買了機票到德州去見真正的牛仔。

大學的時候，我曾經跟朋友們討論「賽巴巴（譯注：Sri Sathya Sai Baba，一九二六～二〇一一，印度教上師、慈善活動家、教育家。自稱是回教、印度教兩教聖人賽巴巴的轉世，信徒視他為活佛、道成肉身，認為他有超自然能力。但也有批評者認為他不過是江湖術士。）的能力到底是真是假」，接著我想「既然如此，就親眼去確認吧」，我向小額信貸借了錢，四天後飛到印度。

基本上我的生活總是這個樣子。

真想試試！真想看！腦中出現這個念頭的瞬間，我已經開始調查做法或交通方式了。

這並不是什麼聽來冠冕堂皇的「行動力」等等了不起的特質，只是我思考的習慣。不論事情大小，「想做↓馬上調查↓行動」，在我的心裡已經完全形成一種固定模式了。

正因為我總是依著這種步調生活，俗語說「物以類聚」，身邊也漸漸聚集了擁有同樣想法的人。因此，我變成一個更有行動力的人，世界也逐漸開闊。

就在這時，二十歲的我看到了《雞尾酒》這部電影，開始埋頭為了開設自己的店而奔走，這也都是因為**「總之先試試看」的思考習慣**才讓我馬上付諸實行。

這大概就是所謂蹲式起跑的狀態吧，也就是說我隨時隨地都做好準備。一聽到「預備、開始！」隨時都能往前衝。

其實當時我原本想租的是《捍衛戰士》這部電影，可是剛好店裡沒有。如果當時看的是《捍衛戰士》，現在我說不定已經加入自衛隊了。因為我永遠處於蹲式起跑的狀態。

還有，「總之先試試看再說」時，經常會面臨「沒有錢」這個障礙。就算「想去」，也會因為沒有錢這個理由而阻礙了第一步。

比方說「大家一起乘著獨木舟順流而下」或者「大家一起租下東京巨蛋來打棒球」，無論什麼都好，當出現這些話題的時候，經常會因為「但我們又沒有錢」這個障礙的出現，導致話題告終。

我們也一樣，因為手邊沒有錢，一開始也往往不了了之。

有一次我突然發現，「既然如此，那晚上別睡覺就成了。犧牲睡眠時間工作，每天上夜班可以賺一萬日圓，半夜接些粗工什麼都好，一天至少也可以賺到一萬日圓。**所以我們不用擔心沒有錢，只要不睡覺就好了。**」

這在我心中其實是個相當大的突破。

從此以後，沒有錢這個障礙就消失了。

「好想做這件事喔，需要多少錢？三萬嗎？OK。那只要接三天的夜班工作就行了。」我的思考開始變得很簡單，就算出現一百萬這種龐大的數字，我也會告訴自己，「只要有一百天就能實現！」

自從我不再把「因為沒有錢」這句話掛在嘴邊，我發現自己的可能性愈來愈寬廣。這一點影響確實很大。

感覺到內心的雀躍就先試再說，一旦培養起這樣的思考習慣，就會有更多的雀躍在等著你，生活中的樂趣也會漸漸增加……

累積這些小小的「想做的事」，就可以創造像這樣的循環。

當然，沒有獲得任何感動就不需要行動，可是假如心中明明感受到了衝擊，卻因為某些理由而不去做，那等於是自己扼殺了自己的可能性，實在太可惜了。

如果要把沒時間拿來當藉口，其實只要不睡就行了。犧牲睡眠時間好好工作，問題就解決了。

或許有人會說，可能性太低的事情不值得嘗試，但只要可能性不是零，都有一試的價值，因為一切都是從這裡開始的。

試了再說，

這就是我的口號！

No.04

關於「行動力」

ACTION

Keyword: 4

邊做邊想。不親臨現場思考，就無法正確地判斷事情。

要開始任何新事物時，首先，我會不顧一切往前衝。與其先描繪好一幅完美的圖像再開始，我比較傾向這種方式：「咦？好像很有趣呢。總之先過去看看吧。」

首先是衝動。

不是類似「踏出你的第一步吧！」這種漂亮話，而是因為我腦中只剩下這件事，就好像剛開始玩很有趣的角色扮演遊戲一樣。「接下來一定很好玩，真是有趣。」

當我心中出現「好想經營自己的店」時，也是一樣。

儘管我不知道如何開設、經營一家店，但我認為，得先學會做雞尾酒才行吧。於是我馬上開始到處找酒保的打工工作。

但可能是因為千葉縣的地緣關係，當時雖然有很多廚房外場的工作，卻沒有人在徵酒保。

因為工作實在太少，好不容易看到徵人的消息，我心想，非爭取不可。在面試時我告訴對方：「不管要我工作幾天、幾小時都可以，錢無所謂，請您務必讓我在這裡工作！」對方聽了說：「你這個人還真奇怪。」決定錄用我。

從這一步開始，最後我終於開了自己的美式酒吧，還擴展為四間分店，能夠發展到這個地步還挺有趣的。

任何事都一樣，如果不親臨現場，就無法正確判斷事情。

所以在真正嘗試之前，去思考「我到底適不適合當酒保？」並沒有用，最好的方式就是一邊嘗試酒保工作，一邊思考。

我對機車產生興趣時也一樣。

我曾經對山葉（YAMAHA）的SRX這輛機車相當感興趣，但是我並沒有先存錢想要買下這輛車，而是先買下了一輛50CC的機車，一邊騎一邊思考我到底愛不愛騎機車。

跟我太太一起環球旅行時也是一樣。

我不知道要花多少錢，也沒有任何旅行的計畫，總之我們決定在結婚典禮三天後出發，買了前往澳洲的機票。然後我開始接了許多粗工存錢，這才開始思考許多事。

總之先做了再去想，已經變成我的習慣。

說不定我就是像這樣先在自己心裡打進一根木樁，**形成一個「沒有退路」的狀況，然後閉上眼睛，一頭潛下。我覺得這種緊張和恐懼能夠讓自己成長。**

人在絕境時總是會想辦法求生存。暑假作業也一樣，到了最後關頭總是能夠設法完成。其實道理是相同的。

還有，先把話說出口「我來吧！」也是一種方法。把自己的計畫告訴朋友或情人，這與其說是「言出必行」，幾乎該說是「言出必衝」了。

這麼一來，自己就沒有退路，非做不可了。

被別人說「你們這些人只會空口說大話」也無所謂，畢竟一開始確實只能空口說大話。

結果和成績之後自然會跟上來。

首先，只能憑藉著毫無根據的自信往前衝。

關於「行動力」

ACTION

經常有人說我「你真有行動力」，其實這只是一種習慣。這是我「因為想做所以去做」的簡單思考習慣而已。

我不習慣待在家裡東想西想，我希望能夠走到外面，在路上思考。首先採取行動，一邊行動一邊思考。在現場一邊感受，一邊思考。

「要是不成功怎麼辦，你從來就沒有擔心過嗎？」曾經有人問過我這個問題，但並沒有。我當然會想，未來不知道會變得怎麼樣，但是我的心中並不覺得擔心，因為我從來沒有事先預想過到底會不會順利。

因為我已經打定主意，不做到成功，我絕對不放棄。

如果要等到一切都準備就緒才行動，那麼什麼事都無法起頭。總之不需要煩惱太多，先放鬆心情，從自己想到的事開始嘗試就好了。

先展開行動。
停下來煩惱也找不到答案。
一邊行走一邊思考。

一邊行動一邊思考。
因為世上的一切都在不斷流動。

No.05

關於「覺悟」

RESOLUTION

Keyword: 5

需要的不是勇氣，
而是覺悟。
一旦做出決定，
一切便會開始啟動。

RESOLUTION

關於「覺悟」

或許有人會問我，「開始嘗試新事物時，我很難提起勇氣。該怎麼樣才能鼓起勇氣呢？」不過我根本不認為需要「鼓起勇氣」。

要開始任何新嘗試時，需要的不是勇氣，而是覺悟。

「帶著勇氣去面對」在我聽來很表面，就像「我要喝營養補給飲料了喔！」的感覺，這種事是無法長久持續的。

我當然也會擔心「以後不知道會如何發展？」我想這一點跟大家沒什麼兩樣，不過我總認為「**只要到成功為止絕不放棄，最後一定會成功**」。

從這層意義看來，一時擠出的勇氣，似乎無法持續到成功。

所謂勇氣，就像是往外釋放的熱情；而所謂覺悟，則像是進入內心的一股沉靜力量。

告訴自己：「反正我一定要做到最後、直到成功為止絕不放棄。」

這麼一來，就不再是「我要加油！」或者「提起士氣吧！」「鼓起勇氣！」這麼簡單了。

嘴裡說著「鼓起勇氣」，把是否執行交付在情感、精神性的因素上，就已經不行了。我想實際上也不可能成功。

重要的是儘早結束這種精神論，做好徹底覺悟，「我已經下定決心，所以非做不可」，堅持到成功為止才罷休。

這樣就能將事情帶入具體的階段，「既然已經決定要做，那接下來該怎麼做才好呢？」

如此一來將可以脫離混亂複雜的精神論，進入具體的行動，所以成功的速度也能加快。

進行判斷的時候並不是「把優缺點列出來，挑選優點看來較多的一方」；其實更簡單，「因為想嘗試，所以去做。就這麼決定！那該怎麼做好呢？」

SIMPLE = POWERFUL

頭腦愈簡單的人，行動愈有力量。

我覺得類似「到底該不該做這件事？」這種對話，相當沒意義。

因為這個問題根本沒有答案。一切都是自己得下決定的問題。

不斷討論要不要做，也無法帶來任何解決方法。

任何事都一定會有優點和缺點、正面和負面，而且很可能因為網路上發現的資訊，突然間讓優缺點逆轉。事前搜尋的報導上如果寫的都是好消息，可能會覺得優點很多，不過要是剛好相反，也會讓人想打消念頭。所以我總覺得這種判斷方法實在沒完沒了。

最後還是要看一個人自己有沒有下定決心的覺悟，因為這種事根本不會有答案。

最後一切都還是得靠自己決定。

所以我並不太重視「收集來的資訊」。

就算自己收集到一百條資訊，也無法確定自己是從世界上所有資訊中的哪一角收集到的，所以我一點都不相信這些資訊。我想不需要太過在意。

既然沒有正確答案，也很明白地告訴自己，反正遲早都得做，也就沒什麼好煩惱，行動自然很迅速。

這也是一種思考的習慣。習慣之後，也不會有「我要做好覺悟」這種特別的感覺。**「因為決心要做，所以開始動手」**，將可以很自然地付諸行動。

不過回想起以前的自己，二十歲左右還沒辦法那麼乾脆地覺悟，當時還是有意識地去行動。例如先買好道具；或者覺得已經告訴女朋友了，這下不做不行；已經排定行程了，不去不行等等。

我常說，旅行這種事，只要機票買好就絕對可以成行。但是不買機票而老是說「等我有錢有時間吧」，那絕對去不成。

但是有意識地行動，直到養成思考的習慣，也是個不錯的方法。

總之，頭腦要簡單，行動要有力。

一切都從下決定開始。

做好決定，就能穩住自己的心，不再猶豫。

帶著心中安靜的覺悟，決定好自己的道路吧！

No.06

關於「行動的理由」

REASON

Keyword: 6

行動不需要理由。
莫名想做一件事，
那就去試試。
先從這裡開始。

行動不需要理由。

理由之後自然會出現。

如果有人問我，「做這件事有什麼好處？」我大概想不到明確的答案。

唯一能說的大概只有：「意義之後自然會知道，我只是覺得想做些什麼，反正好像很好玩。」

要我說些冠冕堂皇的理由我也說得出來，為了讓對方接受、讓別人高興，我也說得出一套理由，但我總覺得那不是我的真心意。

我只是忠於自己的心聲，每天愉快度日而已。

二十歲開始經營美式酒吧的時候也一樣。

告訴父母我想開店之後，他們問我：「為什麼？說明一下你想開店的理由。」

我印象很深刻，當時我心裡一驚：「什麼?!」我心裡根本沒有什麼理由。

我只能告訴他們：「因為想到這件事就覺得很興奮」「因為覺得很酷」。

我父母聽了，說道：「你這孩子真是莫名其妙呢。」我現在回頭想想，當時的心情其實很重要。

我想可能是因為想要認真回答「為什麼要做這件事？」這個問題，一切才會變得古怪。

其實我本來只是因為嚮往電影《雞尾酒》裡的湯姆．克魯斯調酒的樣子，可是為了回答開店的理由，就會開始想些「因為想創造一個提供許多人相遇的地方」或者「為了想提供大家工作之餘可以放鬆的時間」等等後來想出的牽強理由。

這麼一來，原本尖銳的爪牙都漸漸脫落，看不見稜角。

根本不需要什麼大道理。

只是莫名有點興趣，所以想試試。這樣有什麼不好？

也不需要大張旗鼓說：「我要踏出第一步！」只要抱著「先試試看再想吧」的念頭就好。

以我自己來說，與其自己跟自己格鬥，還不如心想「好像很好玩，來試試吧，要是覺得無聊到時再說吧」而開始，這樣反而能愈來愈投入。

我沒有辦法有邏輯地說明自己的熱情，所以總是說：「因為我覺得很High啊」或者「感覺我大腦好像快爆炸了」。

大學中輟、開始開店時，雖然到最後還是沒能好好說服我父母，但是我告訴他們：「假如我不能做真正喜歡的事，會覺得自己的人生很無聊，將來我一定會怪罪到爸媽身上。所以就算你們不贊成，我還是要做！」

可是正因為如此，我才會產生「一定要讓爸媽覺得『幸好當時阿步選擇了真正想走的路』」的心情，「一定要貫徹到底」的想法也就更強烈了。

總而言之，當你感覺到胸口的悸動，那就是你該行動的時候了。

忠實跟隨你內心的聲音吧！

No.07

關於「選擇」

SELECTION

Keyword: 7

重要的不是選擇什麼，而是選擇之後，如何活出人生。

我的基本觀念是：**「假如猶豫不知該如何選擇，那麼不管選擇哪一邊，都把它當成最好的選擇。」**

反正也無從確認選擇另一邊的結果。

如果能夠看到兩者的結果，說不定有可能後悔。但是事實上我們絕對不可能看到另一種結果，所以只能把自己選擇的道路當作「最好的選擇」，繼續往下走。

重要的不是選擇什麼，而是做出選擇之後，如何活出之後的人生。

所以說得極端一點，我覺得「選擇」這件事沒多大意義。不需要把「選擇」看得太難，完全相信自己與生俱來的直覺，靠感性來決定就好。

周圍的意見或者一般所謂「名人偉人」的說法，全盤照單全收是很危險的。

寫在書本或者網路上的內容，也可能是假的。要寫出有悖事實的內容或者並非真心所想的內容其實很簡單，其中也很可能有來源不可信的資訊。這麼一想，這個世界上的書籍或媒體所傳遞的資訊，並不一定全然正確。

所以周圍的意見只要略加參考就行。

「自己要相信什麼、選擇什麼、決定什麼」，到頭來只能相信自己的感覺。

這樣看來，**我甚至覺得決定真正重要的事時，不應該跟其他人討論。**

不可以逃避「自己的選擇」。

正因為是「自己的決定」，所以就算辛苦也願意咬牙努力。

不管是什麼樣的生活方式，「自己選擇的人生」的堅毅念頭，一定可以成為精采人生的根本。

可能有人覺得「靠感性來決定」並不容易，不過每個人小時候決定事情不都是這樣嗎？「因為想做所以去做，就這樣！」大家都一定像這樣憑藉感覺而生。只是在長大成人的過程中，漸漸有奇怪的障礙阻隔，遮蔽了那種感覺。

重要的是傾聽自己「內心的聲音」。

我很少用腦筋想，總是跟自己的心對話，試著找出藏在自己內心深處的想法。「其實你真正的想法是什麼？你到底想怎麼樣？」像這樣一邊問自己，一邊傾聽自己的心聲。

如果平常沒有養成傾聽自己心聲的習慣，就會愈來愈不容易聽見。但是一旦養成有意識去聽的習慣，那聲音反而會愈來愈清晰。

再進一步說，在傾聽心裡的聲音之前，有自然而然出現在生理上的雞皮疙瘩、戰慄興奮的感覺、感動流淚等等，這些每個人都一定會有的感覺，我想都是很明顯的信號。

比方說雞皮疙瘩吧，這可不是可以自己決定：「好！來起個雞皮疙瘩吧！」身體就會乖乖聽話的吧？所以類似起雞皮疙瘩這種反應，其實是相當明顯易懂的徵兆。

人無法控制「好讚！」或者「喜歡！」這些情緒。這些心情都是自己與生俱來的感覺，最值得相信。

所以我認為重要的事並不需要深入思考。

「重要的事要深思熟慮」「為什麼做這種選擇?說說理由吧。」因為我們經常聽到這些說教,腦袋也漸漸變得僵硬,但其實根本不需要什麼理由。

因為喜歡、因為想做。這樣就足夠了。

理由之後會跟上來的。做著做著,自然而然就會知道。

想做的事不要靠頭腦想,要用心感受。

答案也不是靠別人教會,要自己回想。

所有的答案都早已在自己心中。

人生要憑感性來決定。

No.08

關於「自我風格」和「原創性」

ORIGINALITY

Keyword: 8

當一個百分之百的吸收體，
從他人身上學習。
這或許就是一種力量。

當我們想到「了解自己」「活出自己」這些事時，大概是因為這些字句都帶有獨創性的意味，所以社會上隱約帶有「不可以摹仿他人」的氣氛。大家經常說到「原創性」或者「自我風格」，可是這些話我聽起來沒什麼特別感覺。

當一個人還是個無名小卒、徹底外行的時候，堅持「一切都要自己思考」「我絕不摹仿其他人」，帶著無謂的自尊逞強武裝自己，只會阻斷成長。**看到好的事我向來會積極摹仿。就像一塊乾燥的海綿，不斷大量吸收。**我心裡有許多覺得很酷、很值得尊敬的人，這些人的優秀給我很大的影響，才塑造了現在的我。

我們每個人都活在許多不同的人當中，**想要「認識自己」，重要的是先「認識別人」**。

當然，也不是只要認識許多人就可以，只要選擇自己特別有興趣、帶給自己觸發的人就可以，我們大可從徹底摹仿這些令自己嚮往的人開始第一步。

如果直接將眼前所見、耳中所聽的東西表現出來，會讓人覺得是在摹仿，可是一旦真正吸收，在體內完全咀嚼消化成為自己的東西之後，就不再是單純的「摹仿」，而是「受到影響」。

不需要堅持無謂的自尊、逞強武裝自己，也不需要拚命對他人主張「我也努力做了很多事」！

趁年輕時，養成從其他人身上學習的習慣。

經常去接近值得學習的人、熟讀偶像的書籍到倒背如流的程度……像一塊**乾燥海綿一樣當個百分之百的吸收體，學習想學的部分。這或許就是一種力量。**

秀吉想要完全成為信長的分身。約翰・藍儂崇拜貓王。巴布・狄倫就像伍迪・蓋瑟瑞的點唱機。長渕剛也完美地複製了吉田拓郎。

大家都很擅長學習。

我打從心裡尊敬切・格瓦拉、織田信長、華特・迪士尼、巴布・狄倫、巴布・馬利、約翰・藍儂、吉田松陰、星野道夫、德蕾莎修女、江洋大盜「大蟲」（Bugsy）、矢吹丈……這些人也可以說是我會一輩子去追尋的永遠競爭對手。

這些令我尊敬的人，只要發現相關的書籍我就會徹底讀透，經常搜尋他們的相關資訊，從各種方面參考他們的例子。

當我要開始任何行動，或者心中稍有迷惘時，都會想著：「這種時候織田信長會怎麼做？」我想這對我的核心帶來了相當大的影響。

一邊想著他們這些人的人生經歷，一邊回頭檢視自己，只會讓我覺得眼前這個世界實在太過廣大，甚至令人戰慄。

另外，我們也經常聽到「人的個性是不會變的」或者「人沒有那麼容易變」，但是我並不這麼認為。

例如我最崇拜的西鄉隆盛。他心中有個理想的人物形象，每天努力要接近那個人物，拚命教育自己，最後終於成為一個相當接近那個理想人物的人。

在他的相關書籍中有句話是這麼說的：**「起初是演戲也無所謂，但是演久**

了就會變成真的。」讀到這句話時我豁然開朗。

每個人都想要「成為理想的自己」，但是這句「起初是演戲也無所謂」，讓我很能認同。

想像「理想的自己可能會怎麼做」，然後盡力去扮演。一開始只是演戲也無所謂。一直不斷持續扮演，就會發自內心產生一樣的想法。

創造一個「理想的自己」，一開始或許是個被動創造出來的自己，可是不知不覺中，心情也漸漸投入，最後那將會變成真正的自己。

「找不到喜歡的工作和願意燃燒熱情的對象。」

如果你也有這樣的想法，不妨先多認識許多範本，找出許多值得學習的對象。這麼一來人生方向的選項也會增加。

大家或許都知道，人生可以有許多不同樣貌，而我們大可藉由多認識些真實具體的事例，多多輸入「這樣也可以？」的例子，**打開框住自己的柵欄，解放自己。**

接著只要持續摹仿自己憧憬的對象，打造出理想中的自己就行了。

多多認識不同的人生吧！
了解他人，可以成為了解自己最大的線索。
先從摹仿開始做起。
既然是只屬於你自己的人生，本來就是獨一無二。

任何英雄都是從摹仿別人開始的。
先徹底摹仿自己的偶像。
漸漸地，你的原創性將會在不經意中日漸成形。

No.09

關於「遊戲與工作」

WORK & PLAY

Keyword: 9

大人認真遊戲，就會變成工作。

WORK & PLAY

關於「遊戲與工作」

經常有人說要「保持工作時間和遊戲時間的平衡」，這一點我有些不以為然。

我也從來沒有過「我現在在工作！」「我現在在玩！」的想法。

以我來說，在一般眼光看來覺得在玩的時候，往往會想到許多好點子，產生下一個計畫，最後因為工作受到好評，帶給我經濟上的收入。

總之，自己要先能樂在其中。再來只要將之轉化為可以跟其他人共享的形態，就能餬口維生。

跟夥伴一起努力投入自己覺得「好玩」的事，也可以取悅別人。

對我來說，所謂「好玩」，其實是個出乎意料、內涵深遠的字句。

我們經常聽說「難道只要自己高興，讓身邊的人難過也無所謂嗎？」我以前也曾經有過這種想法，但是在「自己高興」這個景象裡，本來就不包含讓別人難過的畫面。並不會因為自己高興而讓周圍難過，**因為讓身邊的人開心，就是我的快樂**。

所以我現在可以很肯定地說：

只要我認真投入讓自己高興的事，一定可以帶給很多人快樂。

我想這是一個人心裡最根本的感覺。

我寫的書也一樣。

與其說是為了「寫本書來傳遞理念！」其實我更想做的是告訴大家「有這麼愉快有趣的事！」把這些喜悅傳遞出去，讓大家開心。

從事東日本大地震支援活動時也是。

我擔任理事的NPO，在當地蓋了可以容納志工居住的志工村。

當時本來覺得，在這種時候似乎不適合抱著「快樂工作」的心情，但我又覺得這樣實在太可惜了。面色凝重地去工作，實在很難長久。工作還是應該帶著愉悅心情，才能樂在其中。

志工們分組作業，白天各自在負責的區域努力工作，晚上則回到志工村，聚在一起熱烈地報告工作狀況。大家圍著火堆，唱歌談笑。到了早上再次掛著笑臉四散到負責的區域。

當然，大家工作時一樣帶著愉悅心情。當地的人很喜歡志工們這種樂在其中的感覺，成果也反應在災區復興的結果上。實際上擔任志工的人也高興地表示，「好像反而自己獲得了鼓勵」。最後總共有兩萬五千人參加這個計畫。

很有意思的是，最近我覺得有趣的方向漸漸偏向慈善助人的類型。帶著坐輪椅的大叔一起搭露營車橫越美國大陸，還有跟全盲攝影師一起出書等等。

我無意去彰顯自己在「做好事」，只是單純覺得「做自己覺得有趣的事可以讓人開心」，讓我很愉快，自然而然想去做而已。

協助震災重建活動時，很多人對我說：「你這麼關心有困難的人，真了不起。」其實我聽了覺得好像也不是如此。我只是覺得有趣才去做，當然我很有把握自己做的這些事能帶來一些幫助，聽到這些稱讚確實也有些開心，可是另外一半的自己心裡則想著：「其實你們不懂我啊。」

不過，也不用在乎別人的想法。總之，我還是會繼續努力去做自己覺得有趣的事。

認真玩，就可以幫助別人，成為一門工作。

大人認真遊戲，就會變成工作。

不懂得怎麼玩，就不會懂得如何工作。

No.10

關於「自我能量」

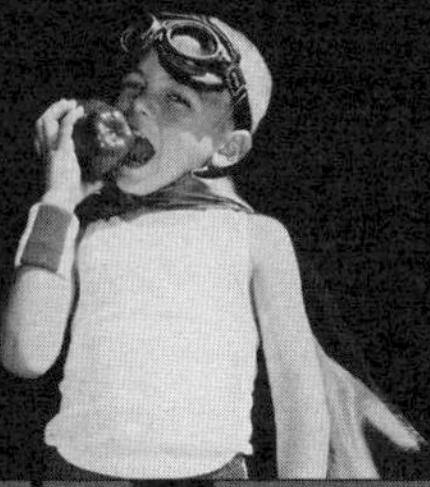

ENERGY

Keyword: 10

我的能量是來自「好吃、好玩、好舒服」這些每天感受到的快樂。

ENERGY 關於「自我能量」

不管有多忙碌，我都會刻意「在生活裡保留讓自己心情愉悅的時間」。有了這些燃料，才能讓我常保精力充沛。

當我客觀地觀察自己，常常覺得我身體裡的能量主要是來自「好吃、好玩、好舒服」，這些每天感受到的快樂。這些情緒轉化成能量補充進身體，然後讓我繼續做些有趣的事，又轉化為能量補充進來……像這樣不斷循環，讓我可以一直充滿朝氣地走在人生道路上。其實我從小就一直是這樣。

比如和人聊天，去釣魚、衝浪、浮潛、運動，看漫畫、電影、書、音樂、攝影、戲劇或電玩，享用美酒美食，陶醉在風景、夕陽、日出、海風或星星的魅力中，什麼事都好，只要養成習慣，將覺得「好吃」「好玩」「好舒服」「好厲害」「超讚」的時刻帶進生活中，就能讓自己充滿能量，甚至能加快工作效率。

即使偶爾會有不順心的事，也會因為正能量不斷循環，**內心深處對「活著」這件事本身覺得愉快，也不會感受到挫折**。

我一直認為只要能在最後交出成果，工作方式其實大可自由發揮。

每個人「必須交出的成果」都不同，「如何運用時間」也可以自行安排。

我總是覺得，依照自己喜好運用時間，認真安排生活，培養起「能開心、舒適過生活，又能拿出滿意成果」的生活品味。

最近我自己發現，悠閒度日並不等於補充能量。我似乎掌握了設計生活＝人生的竅門，不管身在哪裡，都能保持精神上的喜悅，讓體內能量能順暢循環。

什麼是自己生活的燃料？

該以什麼當燃料來生活？

想快樂生活，了解這一點非常重要。

記得在生活裡，
保留一段讓自己心靈愉悅的時光！

No.11

關於「團隊、夥伴」

TEAM

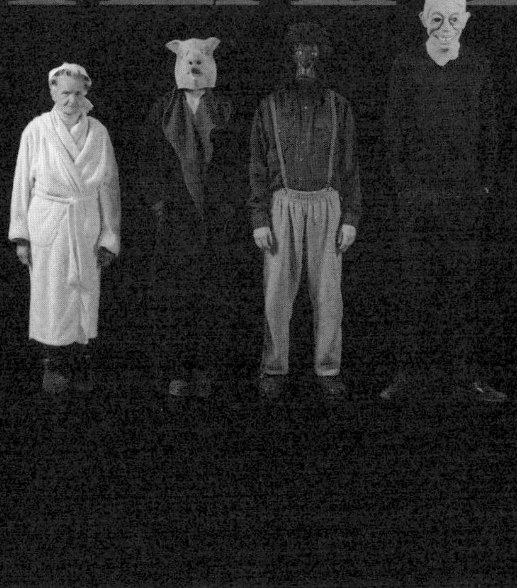

Keyword: 11

我能夠做喜歡的事情、自在生活，
都要歸功於優秀的團隊，
很慶幸我打造出這樣的團隊。

我喜歡和團隊行動。我喜歡和感情深厚的夥伴一起達成目標的感覺。如果是個靠一己之力鑽研的匠師，或是嚮往悠遊自在的流浪生活，或許不需要團隊的支持。但我不是那種人。

我之所以能夠做喜歡的事情、自在生活，都是因為擁有一個優秀團隊，以及我打造出了這樣的團隊。

對我而言，團隊就好比樂團。

每個人貢獻所長，表現出「這個我最拿手！拿這身技術來一分高下吧！」形成一股團結力量。這就是我理想中的團隊。

因此我不會站在前頭大喊：「跟我來！」我只是樂團中擔任團長兼主唱的一員，所以樂團裡還得要有吉他手、貝斯手與鼓手，才能一起演奏出美妙的樂曲。

挑選團員時我會選擇能一起發揮實力，演奏出動人樂曲，帶來美好結果的人。**我不想追求只求表面上互相妥協的膚淺整體感，我想要的是由各個獨立夥伴醞釀出具深度的整體感。**這跟「和夥伴好好互相協調……」的概念有點不一樣。

「如何打造團隊」說起來不容易，不過我覺得最重要的是先明確表達自己想做什麼。

首先要大聲說出：「我想做這些事。」如果跟對自己理念沒有共鳴的人共組團隊，也不可能順利。

同時，也要清楚說出：「雖然我對這些事情很拿手，不過那方面就不太擅長了。」如此一來，即使沒有一一列出「徵求條件」，大家也能了解你想要找什麼樣的人。

還有，不厭其煩地表達自己的想法，聽眾自然會漸漸明白，察覺到「他忽略了這個部分」「要是少了這方面的協助，看來不可能實現呢。」

所以我不只是想找能成為夥伴的人，也不滿足於「彼此似乎意氣相投」。我希望能自然而然聚集起志同道合的夥伴，大家都有一致的想法：「一起完成這個目標吧！」「好像很有意思！」或者「我老早就想做這件事了！」

從這個角度看來，**如果要用一句話解釋如何能找到最棒的夥伴，我想就是**

「堅持做自己喜歡的事」。

在自己描繪的願景中，假如不能缺少某個人的能力，那可能需要上門拜託對方：「沒有你，這個計畫絕對無法實現。拜託你！加入我們吧！」但我向來不太會這麼做。

還有，我也不是很喜歡高呼：「把你們的人生交給我！我會照顧你們一輩子！」好比結成「高橋步幫」的熱血風格。這種方式組成的團隊固然也很出色，但我自己並不擅長這種風格。

我認為大家都有自己的人生，每個人的人生都有跟我同等重要的分量。在彼此的人生當中有短暫交集，所以我期待的是能凝聚這些經驗，然後「一起完成目標」般的感覺。這也是我所認為最棒的部分。

說是「人選」或許太過煞有介事，不過挑選核心成員的時候，我想挑選能大聲承諾一定堅持到底的傢伙。唯有這個部分，我想跟信得過的人合作。

我可不想跟永遠找好退路的人一起工作。

我只想跟絕對不會說出「好辛苦喔我不想做了」「最近不太好玩我不想做了」「要是沒錢了就別繼續了」這些藉口的夥伴，即使中間出了很多問題也絕不放棄、不會逃走，能夠跟我一起面對問題的夥伴一起完成目標。

若是問我到目前為止對自己和對我的團隊最自豪的事，那就是「從不逃避」。因為彼此都相信，「不論發生什麼事，這傢伙絕不會逃避」，也不會產生多餘的顧慮，自然可以產生往前邁進的力量。

我也明白有人會覺得：「反正他現在有意要加入啊，不妨放輕鬆點，何必一定要確認能不能貫徹到最後呢？」但我覺得，這種團隊沒辦法實現自己的理想。

其實最大的原因是因為，和「若有萬一可能會消失不見的傢伙」一起合作，也無法感受到彼此切磋成長的喜悅，更不會抱有特別雀躍或期待。我只是覺得這樣工作太可惜了。

另外，偶爾會有人跟我說：「我也想像高橋先生一樣組織起熱血的團隊，但是我身邊根本沒有熱血的人啊。」對這種人我只有一句話：「那是因為你還不夠熱血。」

圍繞在自己身邊的人，骨子裡都跟自己流動著相似的氣息。
所以熱血的人不會聚集在冷淡的人身旁。一切都看自己。
「先擁有屬於自己的色彩，才能和別人攜手創造出彩虹。」如此而已。

團隊合作的重要性我就不多贅言，擁有夥伴真的很重要。
不過我倒不認為「沒有同伴就無法成事」。
一定要經常保持「就算只剩下我一個人也要繼續！」的心態。
聽起來或許有些矛盾，但是我覺得，抱定「一個人也要行動」的覺悟，正是吸引優秀夥伴的最大祕訣。

「堅持做自己喜歡的事」，
這就是凝聚優秀夥伴的最佳方法。

No.12

關於「死亡」

DEATH

Keyword: 12

總認為自己擁有無限時間的人，
行動力往往比較遲鈍；
而深知人生苦短的人，
自然會積極行動。

DEATH 關於「死亡」

我曾經在印度恆河旁的火葬場瓦拉納西這個城市，近距離看過焚燒整具人類屍體的景象，當時我真切強烈感受到自己的人生所剩無多。

在日本大家習慣隱藏死亡，所以對死亡的概念總是比較模糊，只有在親眼見到時才會理所當然地強烈意識到，「原來我有一天也會死。」

接著我心想，「糟了，這下哪有閒工夫去做自己沒興趣的事呢！」

死亡對自己來說不是：「唉，反正人難免一死。」假設人生有八十年，以我現在四十歲來計算，只剩下四十年可活，也就是「再說四十次『新年快樂』我就要死了」「如果一年只和父母見一面，只能再見四十次了。」**我漸漸開始意識到人生剩餘的時間**。

我也開始會倒數人生，這種感覺很類似「暑假結束前還有幾天？」我會開始倒數：「如果可以活到八十歲，我還剩下幾年？」其實也不是刻意去想，而是自然而然就會這樣去思考。

所以不管做什麼，我都會有「如果只能再活四十年，就別猶豫了」的心態，這也忠實反映在我的行動上。

總認為自己擁有無限時間的人，行動力往往比較遲鈍；而深知人生苦短的人，自然會積極行動。

環遊世界時我就強烈感受到，嘗試過愈來愈多事、遇見愈來愈多人、知道愈來愈多事、見識愈來愈廣後，在這一趟八十年的人生旅程中，真正重要的事其實相當單純。

每個人的生活方式不同，不過自己的身體只有一個，此生也只有八十年，能做的事情十分有限。重要的是能乾脆地體認，「在了解生命有限的前提下，自己選擇了這種生活方式。」

這就像是對自己人生往好的方向去放手一搏，有些冷眼旁觀的味道，也像是在某種深層意義上的覺悟。

人生在世，最好能有強韌、果斷、凜然的態度，積極接受**「選擇某些東西正意味著拋棄其他」**這個現實。

這正是印度人蘊含在「Memento mori ～勿忘死亡～」這句話裡的涵義，也符合印第安人的《今天是赴死吉日》《少年小樹之歌》這些書中描述的心情，還有在星野道夫著作中出現的阿拉斯加原住民等等……我覺得從這些人身上接收到的訊息，都跟這個道理有關。

請給我改變可變事物的勇氣。
請給我接納無法改變事物的寬容心胸。
請給我能夠分辨這兩者的睿智。

寧靜祈禱文的話語，在我腦海留下深刻的印象。

Memento mori。
勿忘死亡。

No.13

關於「對話」

CONVERSATION

Keyword: 13

把話說出口，
藉此整理腦中思緒，
內化為自己的想法，
這就是我慣有的方式。

只要靈光乍現或想到任何點子，我馬上會告訴身旁的朋友。

比方說，「前陣子我讀了約翰．藍儂的訪問，他說的一句話我看了好有感覺喔～」類似這樣在喝酒聚餐時說個不停。

這麼一來可能會引發其他話題，「喔，那你讀過另外那本書嗎？」「我有個朋友對那方面超熟的」，或是湧出新的靈感，吸引到志同道合的朋友。反覆進行這個過程，想法會愈來愈清晰，最終內化為自己的一部分。

再說，**和別人敘述自己想法的同時，也可以幫助自己在腦中梳理**。有時候一邊聽著自己對旁人說的話，會一邊驚訝地發現：「咦？原來我是這麼想的。」

原本一個人再怎麼使勁推也推不開的大門，可能因為和某個人交談，不知不覺中就悄悄打開了。類似的例子並不少見。

還有自己始終說不出口的情緒，也可能在不經意的對話中脫口而出。

我自己大概屬於不適合面對書桌埋頭苦思的類型，把話說出口，藉此整理腦中思緒，內化為自己的想法，這就是我慣有的方式。

再來，**很多人都以為「答案得靠自己想出來」**，不過這不代表在思考時**「不能和別人商量」**。

最後做決定的當然是自己，但經過仔細思考後依然理不出頭緒時，不妨試著找其他人談談。

當然我們都希望能憑一己之力完成思考、計畫、執行工作，但是任誰都會遇到再怎麼想都想不出好點子、無法順利擬定計畫，或者沒能按照預定計畫進行的時候。

這種時候有一種人選擇獨自埋頭苦思，或是出於莫名的自尊心不願意和別人商量，最後導致工作效率低落、交不出成果；另外還有一種人，只要腦裡出現「？」，就會馬上跟同事商量、確認，努力找出方向後，帶著豁然開朗的心情，幹勁十足地向前邁進。

如果是連財務方面都得自己打點的匠師或許還沒有太大差異，但是公司或團隊的工作當中，一個人的延誤或者能力不足，都會造成大家的困擾，也可能浪費別人的努力，所以不應該有任何一刻停頓。

假如在團隊裡大家都朝著同一個目標努力的話，就應該發揮團隊模式的優勢，盡量與夥伴商量討論，互相分享有用的點子。

若是心中已經有對未來的願景，敢打包票說：「一切交給我！」這倒也無妨，可是如果最後拿不出成果，可不只是難堪，更會給別人添麻煩。

不管任何事情都一樣，**要「一邊整理一邊仔細思考」，接著「針對沒有把握的部分立刻和他人討論，以免自尋煩惱」，這是在實現理想時很重要的能力。**

當然，大方和同事討論、確認，並不代表自己沒有付出，畢竟最後實際執行的人還是自己。

不管看起來多厲害的人，所謂原創都是始於摹仿。所以近在身邊的隊友之間能互相抄襲好的思考方式或習慣，分享有用資訊，以最快的速度提升團隊整體的能力，才是理想的團隊合作。

要不要也放鬆心情，大膽聊一聊呢？

No.14

關於「專注」

FOCUS

Keyword: 14

能夠拿出成果的人，
其實私底下都拼命努力，
有股瘋勁。

想靠興趣養活自己，關鍵很簡單。

那就是「對於喜歡的事瘋狂專注、聚精會神，咬緊牙關反覆訓練，培養專業的知識與技術」。

如果無法做到這種程度，就不可能照自己理想的方式過生活。

假如沒有什麼過人才能，顯然只能做些替代性高、門檻較低的工作。不過人類這種生物只要反覆練習一定會進步，所以只要不斷想著：「該怎麼做才能進步得更快？」總之全力以赴就對了。道理非常簡單。

不管是誰、任何工作都一樣，要以興趣養活自己，都需要具備專業知識和技術，才堪稱能以此換取酬勞的專家，我認為絕對不能沒有痛下苦功埋頭學習這些知識技能的態度與自我期許。

假如有閒工夫空想自我風格，還不如將精力用來磨練專業技能和增進專業知識。

我二十歲時為了開店想當酒保，曾經公然宣稱：「我要一天工作二十一小時！睡眠時間三小時！只要讓我睡三小時就好！」

在家裡我也準備了成套雞尾酒用具，找女友假扮客人，每天特訓，還隨身攜帶《酒保指南》這類專業書籍。連看電視時手裡也在旋轉酒瓶，泡澡時不忘把寫滿雞尾酒做法的防水字卡帶進浴室……

當時的我腦袋中只有一個念頭：「除了睡覺以外的所有時間，都要用在學習當一流酒保上。」

而且我還在窮酸小公寓的房裡貼了張激勵標語：「你有比鈴木一朗更努力嗎？」但其實我對鈴木一朗也不是很熟。

以這種專注態度面對生活後，看事情的角度也跟著改變。

就跟有了孩子以後會突然發現許多推嬰兒車的人是相同的道理。當自己專注在「成為優秀酒保！」這個目標以後，去書店到處都會看到相關書籍，走在街上也會看到一大堆酒吧。眼裡的世界完全不同了。

刻意要「努力」或許很辛苦，但我覺得這跟「玩著自己喜歡的遊戲，不知不覺天就亮了」或者「本來打算看一集漫畫就要睡了，但一不小心就看了七集」這種感覺很類似。

現在的我如果熬夜打電動會被臭罵，但徹夜寫稿卻會被誇獎。可是對我來說，我向來只會去做能讓我一頭栽進去的事，其實這兩件事對我來說根本是一樣的。

我只是因為覺得「有趣」，所以瘋狂投入，並不覺得自己刻意努力。

比起「努力的能力」，擁有「選擇自己喜好的能力」不是更重要嗎？我們對興趣缺缺的事很難提起幹勁，但是對有興趣的事物總是會自然向前衝不是嗎？

總之，只要找到了想做的事或發現了目標，再來就只剩下訓練。

縱使表現出來的形式因人而異，有些激動有些沉靜、有些快有些慢、有的溫柔有的粗魯、有的都會有的鄉村，**可是真正能夠打動人心的東西具備的共通特質，就是參與其中的人都非常努力、拚了命地耗費心神，寄託自己的意念。**

而這些肉眼看不見的東西，就能超越一切，打動人心。

以我為例，在我還是大外行的時候，就不斷挑戰各種事物。即使經歷過許多失敗和反省，花了大把學費把自己搞到窮得要命，還是繼續挑戰。吸取了這麼多經驗之後，現在終於慢慢抓住要領。不過也還只是個無名小卒。

這也意味著，比我年輕但還沒有實際成果的人，如果連能讓我眼睛一亮的拚勁、努力和熱忱都沒有，根本等於出局。No future。

每天不妨試著問自己：「你使盡全力就只有這樣？不覺得很無聊嗎？」然後完全釋放自己的熱情。

全力以赴過後，更能體會好酒的美味。

想自吹自擂之前，先狠下心來全力燃燒，天天都嚐嚐美酒的滋味。

狂人萬歲。

做正經事時，假如能讓周遭的人覺得「你瘋了」，這樣的投入程度恰到好處。

專注在一件事上，

瘋狂投入，
一定會讓你的能力更上一層樓。

No.15

關於「自由時間」

LIBERTY

Keyword: 15

只要能養成迅速進入遊戲幻想世界、
轉換大腦的習慣，
偶爾可能會浮現好點子，
而且可以享受單純的快樂。

訂好工作目標、規劃工作進度並且開始執行以後，我覺得「在規定時間內完成工作」並不等於「大腦變得僵硬」。

朝著目的，有時得讓大腦專注，集中在一個既深又窄的範圍內，有時也必須讓大腦放鬆，變得柔軟輕盈，打開所有門扉。

我認為必須刻意地將「集中」和「開放」這兩種時間放進我們的生活中。

如果工作時感受到壓力，被時間追著跑，腦海中浮現「一定要準時完成！」的想法，思路就會不知不覺變得狹隘，成為被動的上班機器人，自己所做的事情也漸漸少了趣味和玩心。

如此一來，就無法傳達出當事人的想法和愉悅。

在這種模式下出於義務完成的工作，只會讓你準時交差，但卻無法在任何人心裡引起共鳴，最後一切都得重新來過。

雖然腦袋也不能老是處於放鬆狀態，但是可以在需要集中精神的空檔之間刻意空下一小段輕飄飄的幻想時間，試想：「好無聊喔，不能再換點有趣的點子嗎？」「如果魯夫在這裡他會怎麼做？」「這部分是娜烏西卡的那個吧！」或者「如果這裡放上在峇里島看到的那間店的招牌就太棒了！」等等……

內容不拘，任君發揮。只要能養成迅速地進入遊戲幻想世界，轉換大腦的習慣，偶爾可能會浮現好點子，精采構想會適時浮現在大腦，還能享受單純的快樂。

各位在勇往直前、朝著目標邁進的時候，偶爾迅速地切換到更柔軟的腦袋，重新檢視自己的計畫，希望能認真看待「有這種事嗎？」「你看，這是不是很棒？」「如果改成這樣會如何呢？」等趣味觀點。另一隻手上還能抓著帶來靈感的雜誌或漫畫、DVD等等。

最近我愈來愈認同**「肩膀的力量愈放鬆，就愈能提高現實中行動的速度。」**這句話說得真沒錯。

在生活中加入「集中」和「開放」兩個時間，一邊樂在其中，再用最快的速度加速前進。

偶爾也讓大腦好好放鬆一下吧！

No.16

關於「住處」

BASE

Keyword: 16

當自己的「宜居天線」接收到訊號，一定是那片土地在呼喚你。

關於「住處」

人要住在自己想住的地方。

我認為這對擁有快樂人生帶來很大的影響。

就算沒有特殊理由，只要心中出現「無論如何我都想住在這裡！」的想法，這就是某種徵兆。

我和老婆沙耶加花了約兩年環遊世界一周後，因為對未來沒有任何規劃，其實大可住在世界上任何一個地方。

回國後我們騎機車遊遍日本，馳騁在沖繩的國道58號線上時，我內心突然吶喊：「我想住在這裡！」

於是我立刻打了左轉方向燈，進了一家仲介公司，當場選好我們的新家。

憑著自己的直覺，我決定搬到沖繩去。

一切就從那裡開始。

首先要建立據點，我租了一棟位在海邊、眼前就是沙灘的兩層樓房，召喚來夥伴，開了一間咖啡酒吧&民宿「BEACH ROCK HOUSE」。

我以此為據點，夢想打造出一座「充滿音樂、冒險與藝術的自給自足藝術村」，開始尋找合適的土地，花了八年終於完成這座藝術村。

我一無所知地搬到沖繩，但卻深深愛上了這個地方。

我雖然出生在東京，但是決定搬去沖繩，還有這次（二〇一四年）決定把生活重心移到夏威夷大島時，都沒什麼明確原因。

不是因為想實現夢想，也不是因為當地有朋友。

只是跟著感覺走。

住在自己想住的地方，展開新的人生！

我永遠都是這樣。

就算受限於工作和家庭，無法這麼率性，但是搬家就像到未知的世界冒險一樣，總讓人心跳加速不是嗎？

剛到一個美好的環境生活時，也許身旁盡是陌生人，但是隨著朋友愈來愈多，有了新的目標，漸漸全心投入在新的夢想中。

新的世界就這樣慢慢開啟。

當自己的「宜居天線」接收到訊號，一定是那片土地在呼喚你。我覺得就是這麼簡單。

今後在夏威夷的生活，究竟會發生什麼新鮮事呢？

不要被人類社會裡紛亂雜沓的現象干擾，坦率地順從地球的指引而活吧。

在喜歡的地方，做喜歡的事。

這樣看來，或許搬家正是改變人生的捷徑呢。

要在哪裡過日子，要在哪裡生活，

一切都是自己的選擇。

Let's move!

No.17

關於「煩惱、沮喪」

TROUBLE

Keyword: 17

我並非不會沮喪，
也不是沒有煩惱。
只是這些時間短得出奇而已。

常常有人問我：「高橋先生難道都不會覺得憂鬱、煩惱或沮喪嗎？還是您從來沒有嘗過這些憂鬱的滋味？」

我想每個人都一樣會有感到憂鬱、不如意的時候。當然我也一樣。

我也常感到沮喪，覺得煩惱。

只是這些時間非常短暫。

所以別人才覺得我似乎是個永遠不會消沉的人。

每當出現讓我覺得憂鬱的事情，我馬上會轉換方向思考：「那接下來該怎麼辦？」我不會刻意用正向積極的眼光來看事情，只是會去思考：「這件事該怎麼解決？」

遇到不如意或麻煩事的時候，總會忍不住想逃避，但這麼做只會在心裡鬱結不暢快的感覺。儘早解決，絕對是最健康的選擇。

所以我極力縮短這種鬱悶煩惱的時間，馬上將大腦切換到尋找具體解決方法上。

剛成立出版社，書一直賣不出去，還背了三千萬日圓債務時也是一樣。

當時我二十三歲，身旁的人都對我說：「出版業要靠頭腦取勝，你們是做不來的。」而且經濟真的很拮据……雖然我也有感到憂鬱的瞬間，**但是為了沒錢而消沉，也無法解決沒錢的問題**。

我叫自己打起精神。「有閒工夫在這裡消沉，還不如想想該怎麼翻身！」開始和一起開公司的弟弟高橋實思考各種經營策略。

後來我們想出「上電視節目炫耀貧窮經驗，贏個獎金回來」的點子，寫了「貧窮出版人」的企劃書參加甄選。但沒有通過最後一關，沒能參加節目錄製。

另外我們還曾經熱切討論：「假如從此變成流浪漢，也要做間超帥的紙箱屋，讓其他流浪漢羨慕：『這兩個傢伙真是與眾不同。』然後採訪每位流浪漢，寫成書來賣！」

所以我們幾乎沒有時間沮喪，總之想到什麼就動手去嘗試。後來我們檢討、修正以往滯銷書籍的缺點，推出新作，這本書順利熱賣，業績從此逆轉大勝。

在我印象中，幾乎沒有沉浸在憂鬱中的日子，只是每天埋頭不斷往前衝。

我並非不會沮喪，也不是沒有煩惱。

只是這些時間短得出奇而已。

我只是會迅速將腦袋切換到「那下一步該怎麼辦？」的頻道。

開始想「怎麼辦？」時，憂鬱的情緒就不存在了。

帶著「既然要做就奮力全力以赴」的心情，不斷向前邁進。

垂頭喪氣也改變不了現況，

到頭來，還是只能盡力而為。

No.18

關於「金錢」

MONEY

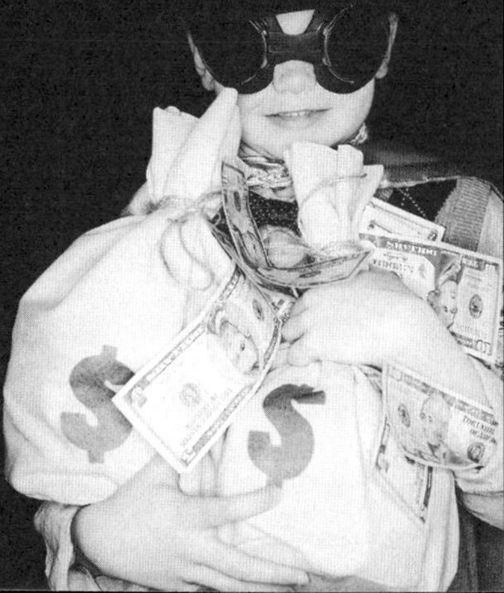

Keyword: 18

只要不逃避、
確實掌握「金錢的真相」，
就自然而然能朝著
「那該怎麼解決？」的方向前進。

MONEY
關於「金錢」

在我的金錢觀裡，把「身為一個父親要維持家人一般生活的經濟」，視為我對金錢的底線。

再來就是能夠讓願意和我一起工作的夥伴也能無後顧之憂地維持家計。我認為這是身為老闆該擔起的責任。

說老實話，我甚至覺得只要能夠做到這一點，其他事都無所謂。

反過來說，為了守住這條底線，我也會傾盡全力。

錢當然不嫌多，不過我多半都是遇到想做的事時，想辦法去賺到需要的資金。

「開心工作」當然是基本條件，不過要是演變成「大家都好開心，工作也很有意義，但最後破產了。」這也未免太悲慘。

我們當然不希望「計畫本身很棒，但因為欠了一屁股債，難以持續」，最好能夠是「計畫本身很棒，聚集了一批能人志士，資金也很充裕」的狀態，否則就太遜了。

說個小故事。當我在籌備自己的酒吧和出版社的時候，完全沒有自備款，幾乎都是向身邊認識的人或朋友借貸，一開始就債台高築。

剛開始我本來也打算「努力工作個五年，存好足夠資金後再創業好了」。可是我沒辦法忽視內心「無論如何都想現在創業！」「就算借錢我也要創業！」的吶喊。

所以我一個勁兒地拜託身邊每位朋友和熟人，向大家借錢。

那時候也常常被他們潑冷水，「你一個大外行還敢借錢開店？失敗了怎麼辦？」

為了掃除大家心中的疑慮，我交付借據時一併提出了我的創業企劃書（其實只是手寫文件，也不算什麼正式的企劃書），其中仔細寫下了「我認為賣點有這些這些。我的店一定會賺錢，將來會以這些方式還款」等等內容，最下方還附帶一句：**「就算不幸失敗，哪怕打零工我也一定會還錢」**。

幸好這部分我寫得很具體。

後來債主們常說：「雖然企劃書內容感覺可信度不高，但是因為你在最後寫了『哪怕打零工我也一定會還錢』，看了真的很放心。」

但那確實是我真實的想法。

我一面懷抱著「一定要努力做到成功」「一定要順利經營下去」的信念，但同時也體認到現實：「最糟的狀況下我還可以做粗工還債。這趟人生絕不會白走。」這給了我很大影響。

正因為我在心裡清楚地預想後果、做好覺悟，所以才激勵出「好！拚了！」的能量。

話雖如此，剛開店時很多想法不夠深思熟慮，老是用「沒關係，錢無所謂」的想法在經營。漸漸地，大家的薪水低到近乎零，甚至沒錢租房子，最後還惡化到沒錢買正常食物，被醫生診斷為營養失調，令人難以置信。

從那時開始，我才慢慢學會「現在還不夠多少錢、什麼時候要付多少錢、如果跟這個廠商拜託一下可以晚點付款」等等，**對金錢不以樂觀或悲觀的方式看待，而是用現實的方式來思考。**

這和那個總是興致勃勃高喊：「耶！來試試這個吧！」的我，或者「這種方式好像挺不錯」，充滿創意、精力充沛的我又完全不同。

有時候我們會稍微回歸一下現實世界。會計同仁宣布：「從現在開始禁止一切樂觀言論。」於是正式開始我們每週一次的財務會議。

我會告訴他們說，請讓我知道真實的情況，我會確實了解數字，掌握現狀和具體意義，再告訴大家：「知道了。那我們就一起朝著月底這個目標努力。那麼具體來說……」

只要不逃避、確實掌握「金錢的真相」，就自然而然能朝著「那該怎麼解決？」的方向前進。

但如果不去了解，心裡就會一直縈繞著「糟了，沒錢了」的憂鬱。

如果可以，我不想去思考任何跟錢有關的事情，特別是「沒有」的錢。所以總是無意識地把這件事推遲，不想面對。但其實只要早一天面對現實，就可以有更充足的時間來思考「該怎麼做？」

試著縮短憂鬱發愁的時間，不要只是想著「沒錢」，應該儘快將思考轉移到「沒錢了，那該怎麼辦？」

這其實是理所當然的道理，但我直到現在都還常常在提醒自己。

但是如果已經沒錢，又真的沒有興趣了，選擇放棄也沒什麼不好，沒有必要勉強自己堅持。

有了「想放棄」的念頭，那就放棄吧。沒必要忍受。否則只會讓精神變得更憂鬱。

如果覺得「我可不想付出那麼多」「做上班族還輕鬆些」，那大可往這些方向走，畢竟每個人都有自己的選擇。

所以我覺得不如放輕鬆。

我也一直告訴自己：「真的厭煩的話就放棄吧。」

我不會用「勉強到最後」這種奇怪的標準來要求自己，只是單純覺得：

「就算要吃這麼多苦頭，我也願意繼續。」

假如吃不了這些苦，只是意味著這並不是你真正想做的事情。

既然這樣，還不如放棄的好。

不要一味樂觀，也不要一味悲觀。

要真實面對。

No.19

關於「天分」

TALENT

Keyword: 19

「因為我沒天分所以辦不到」，
把自己的不成熟歸咎給與生俱來的天賦，
這對父母實在太不敬了。

「因為我沒有天分」而放棄努力，就什麼都不用談了。

我認為「天分」這個詞彙，用來形容在世界頂尖運動競技中第二名無法超越第一名的情況下倒還說得通，但是運用在「靠興趣吃飯」或「堅持做喜歡的事」這種程度的狀況，跟與生俱來的天分沒什麼關係，只要有心一定做得到。

「因為我沒天分所以辦不到」，把自己的不成熟歸咎給與生俱來的天賦，這對父母實在是太不敬了。

好比我，雖然沒什麼特殊才華，不過我覺得只要我想做，沒有做不成的事。

這並不是在自誇，以為自己「無所不能」。我對數學沒興趣，所以絕對不可能成為數學家。應該不會有人想做自己沒興趣的事吧？

松本大洋的漫畫《乒乓》我非常喜歡，可是其中某段內容我不敢苟同。漫畫裡Smile被定位成天才，而名叫Akuma的傢伙即使拚命練習也無法在桌球檯上獲勝。大家或許會認為「這是天分之差」造成，但我認為其實是Akuma

的練習方式有問題。

始終贏不了Smile的Akuma，不斷拚命練跑。這種練習方式不對吧？打不出水準並不是因為他沒有天分，而是訓練方式不恰當。假如他正確練習，我不覺得他會輸。只不過是縣大會程度的比賽，我覺得還說不上跟天分有關。

不過，這也可能是因為我自己「不想拿天分當藉口」吧。

因為天分畢竟眼看不見、手摸不著，誰能正確判斷有沒有天分呢？

老是把「我的天分……」掛在嘴上，就等於斷了自己的可能性不是嗎？

假如我說出：「我的文采不比約翰·藍儂，誰叫他一出生就是個天才。」那麼現在的我不就什麼也不是了？

我想，我是因為希望能一直相信自己、持續努力，才會主張天分不能當藉口吧。

假如被稱為天才的人，都是三歲就能贏得世界冠軍頭銜的人，那或許可以死心，「生來的天分差太多，根本難以望其項背！」但出乎意料的是，平凡人其實很多啊。

看到這些人就能激勵自己，「咦？我好像也做得到嘛！」就像世界知名的棒球選手鈴木一朗，當我小時候拿著任天堂的紅白機玩時，他可在努力揮棒呢。

自己身邊也有許多令人欽佩的對象，但沒有一個人不經過努力就擁有現在的成績。每個人都認真踏實。看到他們的努力，也不禁點頭認同，難怪他們能有這樣的成果。

有人說「努力也是一種天分」，我實在無法理解。

說到底，只是因為喜歡所以去做，忍不住就是想做。

每當看著我的兒子，這種感受就十分強烈。他很投入在自己有興趣的事上，所以總是非常拚命。現在玩起電動遊戲來可不是蓋的。

他最近迷上一款以戰國時代為背景的電玩「信長的野心」，而且這個遊戲帶給他的影響十分驚人。他會先仔細調查研究，想出策略，例如：「先把背叛我們的傢伙派出去……」擬定讓人不敢置信的作戰計畫闖關前進。另外他還會看漫畫學習戰國時代的歷史，「喔！原來武田信玄做過這種事！」再活用到遊戲當中。

這些事我絕對教不了他。都是他出自喜愛，自動去累積知識。如果在學校課堂要教這些事，肯定非常費力。

被稱作是天才的人，其實只是拚命做著自己喜歡的事。遇到喜歡的事，人人都能變成天才。

如果做什麼事都先要求天分，那根本不用開始了。

No.20

關於「傳達」

CONVEY

Keyword: 20

在創作時，
如果像在自己的心裡挖水井，
一定能夠打造出可以傳達給更多人的
普遍價值。

別管什麼概念或者行銷，一切都順著好奇心走吧。
我在創作作品的時候，只忠於自己的雀躍。

但是我並不是認為行銷不好。
當然，寫書的時候，我一樣希望能夠有許多讀者閱讀。
問題在於手法，也就是說，我並不太喜歡去捕捉一般大眾的潮流、然後追逐潮流這種手法。
我不是沒有想到這種技術性的手法，但是，比起這樣的手法，我比較偏向**「只要往自己的心裡挖個水井，那麼就能夠通往全人類的地下水，要是能接觸這種地方，一定能碰觸到其他人的心底深處」**這樣的意象。
感性、才能、流行、市場趨勢、地下、主流……這些事都無所謂。只要能往自己的心裡挖井，持續做出好東西，我相信一定能夠提供可以打動許多人的普世價值。
與其經過技巧性的計算去推廣，我更強烈希望，不斷往下挖的結果，能夠到達一股宛如地下水般的泉源。

帶著自信，深入挖掘自己的世界。
因為真正能夠打動許多人內心深處的東西，就藏在自己心裡。

我認為，Love and Peace的傳遞方法是共通的。

與其高喊「世界和平！」的口號，如果真正希望世界能夠和平，首先應該要好好珍惜眼前的人。自己的家人，身邊的夥伴，還有生活的社區、縣市等等這些地方，範圍漸漸擴大，才變成國家，變成世界。先從身邊近處慢慢往外擴大擴張。

約翰．藍儂等真正出色的人，不只對自己的孩子，對於自己身邊的每一個人都灌注了相當龐大的愛情。

家人、兄弟、夥伴、情人，還有關照過自己的人等等，這些對自己來說重要的人，其實我們往往忘記去珍惜。

我想起我的朋友，曾經任職唱片公司製作人的四角大輔，他說過一句有趣的話。

「在留下破百萬銷售紀錄的暢銷金曲當中，有許多都只是為了一個人而寫的歌。」

我想道理是一樣的。

只為了一個人，這樣的挖掘方式，最後卻能夠傳達到許多人的心中。

我也深切地感覺到，我所寫的書，還有以這種方式創作的東西，確實都能夠打動許多人。

包含我對妻子沙耶加的心意《永遠，直到永遠》就是這樣的一本書。

其實這本書簡單地說，就像我寫給沙耶加的情書一樣。當我在寫書的時候，業務部的人曾經告訴我：「既然是寫給太太的情書，何必出版，您就直接交給她本人吧。」但是最後這卻成了暢銷書。

如果要把這種想法看作是一種行銷手法，或許也無不可。

想要攀登高處時，線索其實就散落在腳邊，讓你的大腦隨風而行，腳踏實地。

CONVEY

關於「傳達」

帶著愛面對每一個人。
真心面對每一個人。
一切的道理都相通連結。

One Love

好的共鳴自然會傳播到世界各處。
就像地球上所有的水都連通到地下水一樣。
在我們眼睛看不到的地方，世界其實是連成一體的。

No.21

關於「人生」這個故事

STORY

Keyword: 21

「把自己的人生視為一個故事」，
當你掌握這個觀點時，
人生將會大大改變。

在我心裡有另一個能客觀看待我自己的「觀察小子」，就像是從高處俯瞰自己一樣，觀察小子可以由上方觀察我的整體。

這就是一種俯瞰的觀點。

重新觀察自己無意識間的習慣，我發現我把自己每天的工作以週、月、年為單位進行報告式的整理。另外，我也寫了好幾本自傳，舉辦演講，以幾十年為單位，整理自己的人生，將之化為故事，這些事我進行得非常頻繁。

另外，在電腦的桌面上，我還取了一個名為「A's Life」的檔案夾，讓我一眼就能俯瞰自己的人生。

持續觀察整體狀況和人生故事，可以對過去的失敗一笑置之，強烈感受到現在所做的事的意義，也能描繪將來的希望，在自己的心中改變與沒有改變的事，以及覺得重要的事將會愈來愈鮮明……或許這就是最大的效果吧。

我把自己的人生設定為八十年，這個觀點也很重要。

比方說，當我開始經營出版社時，前兩年一點也不順利。從商務觀點來看，經常有人說「連續兩年都是赤字這不太妙吧？」「客觀看來你公司已經不行了，還是重新考慮考慮人生方向吧。」可是我心想，「這只不過是我人生八十年中的短短兩年，要是之後幾年能夠順利，回頭看這八十年的故事，這種過程不也挺有趣嗎？」

最後當我的事業經營順利時，這將可以成為一個值得回顧的話題，「公司前五年真的很辛苦呢。」所以一點問題也沒有。這樣的念頭帶給我強大的支持。

不幸的事一旦持續三天左右，很多人常常會因此沮喪，但是我從來沒有因為這些事而頹喪過。

當然，連續好幾天不順，我也會覺得「最近狀況真不好」，可是我並不會因此而沮喪。**因為我用八十年的長度來看待人生，短短幾天，以電影來比喻的話，只不過是幾秒稍縱即逝的畫面。不過三天而已，根本算不了什麼。**

不管做任何選擇，這種「人生是八十年的故事」的觀點帶給我很大幫助。

比方說，當我想帶全家人去環遊世界時，當時在工作上其實還有許多想做的事、有機會成就的事，我也想過在這個時間點離開日本幾年出國旅行，會不會帶來不好的影響。

可是考慮到教養子女，我認為「能夠直接跟孩子接觸的時間，只有在孩子升上小學六年級的這十二年之間」。當時大兒子已經六歲了，我只剩下六年時間，一想到這裡，我深深覺得要出門旅行只能趁現在。

這都是因為我站在人生是八十年的故事這個觀點，才有辦法下這個決定。該下決定的時候擁有這種觀點，對我是很大的幫助。

另外還有一種看法，「每個人的人生，都有春夏秋冬。」

這種想法讓我即使來到人生的冬季時，也能夠給自己打氣，「不要緊、不要緊，人生本來就是這樣，現在或許是寒冬，但是接下來一定可以迎接春天的到來。」

不管再怎麼不順利，帶著俯瞰的觀點，「不要緊，沒關係，之後一定會順利，一定能夠寫出美好故事。」我就能夠永遠把眼光往前看。

STORY 關於「人生」這個故事

當我說起這種觀點的時候，經常有人問我，「你是怎麼以故事的觀點來看自己人生的呢？」

假如各位可以動筆寫寫自己人生的自傳，其實會很容易了解，不過這個門檻似乎太高了點。

還有一個簡單的方法，比方說寫一篇關於自己死亡的報導。

這個人在幾年出生、如何度過少年時代……大概像這樣，寫下「我希望自己死去時能夠寫出一篇這樣的報導」，或許這是個不錯的方法。

還有，也可以描繪出一個自己心目中最理想的人生。

這並不是要你規劃出清楚的人生設計，一個概略的印象就可以了。

「要是我是個這種人、過著這樣的人生，一定很愉快吧」，大約帶著這種概念，比方說「我住在海邊」，或者「我跟家人其樂融融地在河邊釣魚」等等，這也可以，**試著描繪出對自己而言的理想人生**。

我認為，這是試圖了解自己時相當重要的問題。

跟自己身邊的人討論這個話題或許也挺有趣。

我經常跟妻子沙耶加說起這件事。

現在我們正打算把據點轉移到夏威夷的大島（夏威夷島），我們每天不斷討論「去了夏威夷之後，什麼樣的生活才是最理想的？」

大概像這樣描繪自己的生活，以俯瞰的角度來觀察自己，客觀檢視，我相信一定能帶來很多改變。

人生是八十年的故事。

到目前為止，你活過了什麼樣的故事？

而今後，你又希望能創造出什麼樣的故事呢？

No.22

關於「捨棄」

LET GO

Keyword: 22

「選擇了什麼，就等於捨棄了什麼」，
能夠帶著這樣的觀點看待人生，
就可以對許多事情釋懷。

LET GO 關於「捨棄」

在我環遊世界時，遇到很多能夠活得簡單快意的人，漸漸讓我覺得，「我的人生好像背負了太多不必要的行李」。

因此我開始告訴自己，**不需要企圖守護太多東西，只要珍愛真正重要的東西就行了。**

當然，我也覺得所有事都很重要。

用廣義的觀點來說，人生裡或許沒有所謂不必要的東西。

可是，人的身體只有一個，頭腦能夠深入鑽研事物的能力也有限。再說，時間也相當有限。

這麼一來，到最後我們勢必要取捨。

而我學會了這種取捨的觀點。

因此，**與其接觸許多人事物，我比較傾向盡量將範圍縮小，但是深入交往。**

這種想法跟深入挖掘內心的水井，到達能連通所有人類內心深處的地下水是一樣的，最後都能讓我的世界更加寬廣。

我心裡這種想法相當強烈。

當我們選擇了什麼，勢必就得捨棄什麼。

帶著這樣的觀點，人生中有許多事就能夠釋懷。

我想許多事都一樣。我們企圖用「平衡」這個觀念來妥善處理對立的兩方，讓自己安心，但是最後往往無法如願。

可是，如果乾脆偏向其中一方，告訴自己，「沒辦法，就是得割捨一邊」，這麼一來反而能夠簡單地轉移重心。與其勉強維持，兩邊都掛心，還不如痛下決心，大膽取捨。這麼一來，不需要考慮多餘的事，思路也能夠更簡單。

再來，能夠選擇、能夠捨棄，或許也能夠幫助自己更有自信。

在我環遊世界的時候經常想，我跳進一個沒人知道「我是誰」的世界，搭上露營車，開在不太清楚的道路上……這樣的經驗中，只要能有自信，覺得

「自己不會有問題」，就不需要刻意去保護任何東西。

或許，我就是想成為這種人。

說到工作，不管是美式酒吧、出版社，或者是在沖繩自給自足的藝術村，這一切事業都在上軌道後交接給夥伴，我完全將經營權放手，很多人經常會問我，「好不容易開始有了進展，這樣不可惜嗎？身為一個經營者，真正能獲利的時間從現在才開始，為什麼要放棄呢？」

這或許是我的本能，**其實很簡單，只在於「我能不能感受到雀躍」而已。因為感受不到雀躍，所以我放手，想重設自己。**

我們經常聽到「從零開始」這句話，我很喜歡這種從無到有的狀態，這最能激發我的熱情。

比方說，當我開了四間餐廳，一切都很順利的時候。維持餐廳能夠讓我獲得收入、擴大事業，漸漸贏過其他的競爭者。但我對這些事一點感動都沒有。

如果想達到這個目標，就必須具備「維持的力量」。但是我對這件事相當反感，**因為我認為將能量放在「維持」上，不能讓我感覺到自己的成長。**

比起這個，還不如「從零做起的狀況」，更接近我自己心目中理想的形象。

所以，不需要維持能量時，對我來講工作比較愉快。

可是一旦開始需要維持，我的本能就會想要放棄。

也就是說，「上軌道」對我來說就意味著結束。

不管任何事，只要規模大到一個地步，自然而然就會變得系統化。但是，我自己對於優化系統這件事沒有什麼興趣，也並不擅長。

不過，也有很多人對此相當拿手，也能感受到熱情。

這並沒有優劣之分，只是單純個人喜好的問題，我只是不擅長做這件事而已。

再來，關於「放手很可惜」這個問題，我也一點都沒有這種想法。

如果我還想再嘗試一次，那麼隨時都有機會。

真正重要的事都在我的心中，它們都是我的經驗、我的想法。

所以，不管是店面或者出版社，只要是我自己從零開始打造的，就算將它們轉讓給夥伴，或者是失去它們，如果我想再來一次，隨時都可以開始，因此並不覺得自己有任何損失。

就生活上來說，我們經常會無所事事地看著網路新聞或者臉書、推特。最近我把這些時間減少了，當然，如果我需要查東西，我會主動去看，只是減少了無所事事瀏覽網路的習慣。

這麼一來發生了有趣的變化。我突然有了大把時間，這些時間可以讓我去思考，心中浮現新的點子，也可以讓我面對自己的心靈，覺得更加充實。

旅行也一樣。當我在尼泊爾深山的巴士站等了四小時的巴士，或者為了看極光等了六小時，這些等待的時間可以讓我想到新點子，也接觸到自己的內心。

除了真正重要的東西以外，其他都可以捨去。
讓自己變得輕盈，其實很有趣。
這一點跟旅行非常像。

不要再為了無謂的事情煩惱。
不要的行李全部都丟掉吧！
人生在世真正重要的東西，其實並不太多。

No.23

關於「安定」

STABILITY

Keyword: 23

「習慣不安定」的人，結果最能安定。

STABILITY

關於「安定」

二十出頭時，我經常說：「**跌倒時記得身體往前傾。**」這句話的意思是，就算跌倒也要經常望向前方；就算失敗，也要馬上站起來，維持積極向前的姿勢。

有句話說「備好預防跌倒的拐杖」，喜不喜歡這句話或許各有看法。希望人生中不要跌倒的欲望沒有錯，我認為這樣並沒有什麼不好。而比起大致能預測到的路，**我覺得面對未知的未來更加有趣**。所以，我總是不顧跌倒的可能性，大膽往前走。

保持前傾的姿勢，就算跌倒也能馬上站起來繼續往前走，只要自己的心靈沒有受到損傷，想重來幾次都可以。

像這樣不斷往前進，就能夠看見以往看不見的世界，我覺得人生也會因此而變得更有趣。

還有，基本上我自己總是抱著「反正一定會跌倒」的想法。大概是因為有了這個前提，所以就算跌倒，帶來的精神打擊也比較小吧。

在工作上也是一樣，不可能凡事一開始就順利。但是，把每一件事慢慢做

好，就可以看見未來。

麥可．喬丹一開始籃球也打得不好，只是因為他不斷練習，才能成為高手。

剛開始做得不好也沒辦法。但是一個不會成長的人是沒有未來的。

我總是這麼告訴自己。

我希望盡量加快成長的速度，用最快的速度往前進。

因為有這樣的欲望，所以我讓自己維持前傾跌倒的姿勢。

而且對我來說最可怕的是心靈被磨鈍。

永遠保持不為所動的態度雖然很酷，可是，**如果心靈再也沒有悸動，這樣的生活也太無聊了**。**我寧願選擇有驚訝、有迷惘、有動搖的人生**。

假如不這樣不斷挑戰，我總覺得心靈和身體的能量會不斷降低。

反過來說，也有人覺得，「現在的生活過得很安穩，沒什麼令人擔心的事，我希望能夠繼續過這種安心的生活」，我覺得這也沒有什麼不可以。

但是，人生絕對不可能沒有任何意外。

比方說，「我的工作非常理想，已經確保一輩子都有穩定收入，我希望能養兒育女，從此度過一帆風順的人生」，但是孩子可能突然生病、或者學壞，住家附近萬一開始都更，也可能被迫要搬家。很多事都有可能發生。

所謂「安定人生」或者「經過規劃的人生」，其實是不存在的。

這種「受到保護的安定、安心」，我覺得相當脆弱。選擇這條路，反而沒有安定感。

我覺得一個習慣意外和突發狀況的「不安定」的人，才最能夠安定。一旦習慣不安定，結果會帶來安定。

或許我基於本能在尋求這件事。

所以，我才會帶著全家環遊世界。

全家一起旅行實在是件非常麻煩的事，旅途中也充滿了各種狀況，但是在這種不安定當中，我漸漸習慣變得堅強。

看看孩子們，他們被我們帶著在全世界四處奔走，早就已經完全習慣了這件事，對於各地的環境都很適應，一點點小狀況根本就難不倒他們。

想過安定的生活，等上了年紀再說。
如果不努力挑戰，心靈和身體都會喪失能量。

No.24

關於「夢想」

DREAM

Keyword: 24

不管有沒有夢想，能快樂享受人生的傢伙才是最強的。

DREAM 關於「夢想」

有沒有偉大的夢想？有沒有自我風格的人生？這些都無所謂。

說得極端一點，我只是永遠活得開心而已。

所以我的腦中並沒有「真希望能實現這個夢想」的想法。

每當我覺得一件事有趣，就會馬上想著手進行。當然，我的眼前會有目標，但是那個目標不斷在更新，所以我並不覺得那是個必須花上一輩子來實現的遠大夢想。

比方說，現在我在全世界開設了名為「BOHEMIAN」的餐廳，或者旅館，這些都是所謂的據點，但是它並不是我的夢想。

我也曾經覺得「我想要在夏威夷開這種咖啡廳」，或者「要是能在澳洲的那個地方有一間旅館就好了」，不過，這些念頭我只需要去實現就行了。

或許，我對夢想這個詞，也沒有什麼特別感覺。

如果有人問我「你的夢想是什麼？」我總是回答「我希望永遠是妻子沙耶加的英雄，還有兒子海、女兒空的英雄」，因為我真的只能說出這樣的夢想。

到頭來，我的目標還是在於「能夠幸福生活」或者「能夠快樂生活」。而擁有夢想，只是其中的手段之一。

所以，我覺得有沒有夢想都無所謂，活得像不像自己也無所謂，到底是不是最適合自己，都沒有關係，這個人是不是同性戀也沒關係……**重要的是自己覺得幸福，其餘什麼都好**。

換句話說，如果你覺得「我希望將來不要工作，一直在家裡無所事事地玩，這才是最大的幸福」，「為了實現這樣的夢想，大概需要這樣的收入」，那麼只要選擇最有機會實現這個想法的工作就行了。

但是，有很多事都會從中干擾。

比方說「必須擁有夢想才行」或者「我得活得有自我風格才行」。其實根本不需要在乎這些事，只要自己覺得幸福，那就可以了。

我想到我的高中同學。

我當時上的是升學高中，學校裡的氛圍好像應屆考上早慶（早稻田大學、慶義義塾大學）是當然的，甚至還有人能考上東大。在這樣的環境當中，有個人很明顯地所有能力都高過其他同學。雖然他不怎麼念書，但成績很好，也很擅長運動，是個典型的高材生。

他經常跟我一起去衝浪，所以照理來說他應該沒時間念書。考試之前，他也一起跟我玩到很晚。我已經放棄念書，考試當然考不好，但是那傢伙總是能考到好成績。

後來，他考上了早稻田等級的好大學。

總之，我覺得這傢伙實在太厲害了，一直很期待，不知道他的將來會走上什麼樣的路。

等到我們長大成人，相隔許久在一次飯局中見面時，我問他：「你現在在做什麼？」

那時候，我已經開了自己的店，所以很期待，「就連那麼不成材的我都能夠小有成就，這傢伙的成就一定更驚人吧。」

結果他回答我，「我猶豫了很久，最後決定在學校的營養午餐中心工作。」

那時我覺得很驚訝，但是一聽到他說的故事，我覺得實在太有趣了。說不定大家聽了都會因此被吸引，想進入營養午餐中心工作呢。

他有他的想法，也很篤定地說：「孩子創造國家的未來，而塑造孩子們的身體，是必須要包含真心、相當重要的工作。」光是講到烤麵包的魅力，他就能說上一個小時。

我心想「這傢伙真帥」。

老實說，當時的我有些看不起那份職業。

一開始聽說他在營養午餐中心工作時，我腦子裡只覺得他怎麼挑了一個這麼不起眼的職業，聽著聽著才漸漸發現他的驚人之處。

營養午餐中心完全不在我憧憬工作的清單上，因為他實在是太帥氣，讓我也感受到，原來真的有這種人。職業確實不分高低。

幾年後我收到一張賀年卡，上面寫著他當上了主任，還附上全家人幸福洋溢的照片。一個能了解自己，帶著透澈體悟努力工作的人，看起來真的很幸福。

我猜想他的薪水或許不高，在社會上的地位也稱不上體面。但只要他自己

DREAM

關於「夢想」

活得充實滿足，那就夠了。

有沒有夢想、什麼樣的職業，其實都不分優劣。
重要的是要能幸福生活、快樂生活。

而每個人的幸福快樂都不一樣，不用去管旁人怎麼看。只要堅定地知道「我就是這種人，這就是我的幸福人生」就行了。這當中沒有所謂的好壞。
這有什麼辦法？誰叫我就是覺得這樣很幸福呢？

自由和幸福都不是去努力爭取的。
要去感受。

有沒有夢想都無所謂，
有沒有自我風格也不要緊，
只要幸福，一切就足夠了。

No.25

關於「成功」

SUCCESS

Keyword: 25

「直到死去那天為止，
我能夠讓自己提升到什麼地步？」
這就是我這個人的核心。

我對「成功」這兩個字的定義，並不是「讓公司更大」，或者是「成為某方面的冠軍」。在我心裡並沒有那種夢想。

我最終視為目標的，只有自己的成長。

「直到死去那天為止，我能提升自己到什麼地步？」

這就是我這個人的核心。

所以我會盡可能地把時間和人生花在這些地方。

我希望能不斷嘗試沒嘗試過的事，藉此讓自己成長。

我告訴自己，絕對不要摹仿**「自己過去的成功」**，我對這種事根本沒什麼興趣。對於還能再重新複製一次的事，一點也不會讓我感到雀躍。

正因為有這種想法，所以當一切順利上了軌道之後，我會全部放棄，再次從零開始，希望從什麼都沒有的地方打造新事物。

而且，還是以往的成功經驗和成績完全派不上用場的領域。

假如想要打造大企業、成為某方面的世界第一，或許應該盡量利用過去可供參考的成功經驗。

還有，假如希望能活得輕鬆、獲得療癒，或許也可以巧妙地利用過去，轉換成眼前的金錢。不需要花太多努力就能夠生活，不去開創新事物，確實比較輕鬆。

可是我不是這樣的人。

我的一大基本想法就是要成為一個「大格局的人」。

所謂「大格局的人」可以指的是一個人的「器量」，也可以是「希望和心靈」。

這容量如果愈大，能量就算不朝向金錢運用，金錢也會自然而然地聚集而來；就算不刻意朝向人，也可以自然而然地吸引很多人。

只要成為一個大格局的人，想做什麼都可以。

所以我並不是在自己的想法中完全割捨掉金錢，覺得「錢根本不重要」。

在我的心中深信，「只要一個人的器量大，一切都不會有問題」。

跟二十歲左右的自己相比，現在這種感覺又更加強烈。

東日本大地震之後，我跟夥伴一起創設了接納志工的志工村時，也獲得了許多捐款，和兩萬五千多人的參與。

那時候就算我不刻意強調過去的成績，只要大家確實看到現場的我，就能組成一支堅實的隊伍，也能吸引人和錢財，做出好的結果。

任何事都一樣。

我只是想不斷嘗試許多不同的事而已。

我經常想，「要是我真的迷上了什麼事，或許一輩子只會專注於那件事吧。」對於畢生窮究一項技能的匠師，我也相當憧憬。

總之，人生只有一次，當然應該不斷投入自己喜歡的事。

而在這當中，我特別在意的就是如何提高自己的水準。

我並不知道自己正往哪裡走。

SUCCESS

關於「成功」

只是想在有限的人生光陰中，
盡可能地，不斷讓自己成長。

No.26

關於「一個人的時間」

MY TIME

Keyword: 26

生活愈忙，我愈重視一個人能安靜思考的時間。我會刻意地保留這樣的時間。

我身邊有家人，也有跟我一起工作的許多夥伴。在這樣的生活當中，我每天都會刻意撥出半小時到一小時屬於自己的時間。

在這段自由的時間裡，我不會去思考「該做那件事、該做這件事了」。留住這一段空餘的時間，我會呆呆地俯瞰自己的人生。

我並不會在這個時候思考今天、明天該怎麼辦，只是慢慢看著自己人生的全貌。

這麼一來，就會覺得「當下」的時間愈來愈值得珍惜，心裡正中央的部分好像輕輕地浮上來。

我想，我是刻意要留給自己這段時間的。

生活愈忙，我就愈珍惜可以一個人安靜思考的時間。我會盡量找個安靜舒適的地方，打開筆記型電腦，單手拿著我最愛的冰歐蕾，或者香菸，一邊聽著喜歡的曲子。

除了這樣悠閒的一人時光之外，我也經常會開所謂的「一人會議」。

整理行程、整理混亂的頭腦、反省自己、想起某個人、問問自己心裡的聲音、下些決定……

以我自己來說，通常都會從對自己的問題開始。

比方說，「最近我覺得無聊嗎？到底為什麼呢？」「○○不是很順利嗎，為什麼呢？」「如果不想重蹈覆轍，下次該怎麼辦才好？」「從這個經驗裡學到了什麼？」「其實你對○○到底是怎麼想的？」「從這個事實裡學到了什麼？」「現在最重要的到底是什麼？」「現在我應該下什麼決定？」

對於這些存在自己最深處、最簡單的部分，我會像這樣一邊對自己提出問題，寫在筆記或電腦裡，刻意留下文字。

大膽地把無謂的東西丟棄掉，把最濃厚的地方化為語言。

不要只是用頭腦思考，化為文字，出乎意料地可以讓想法更加清晰，也更為清爽。

最近，我經營三家公司和NPO，再加上家人，腦子裡有許多事需要思考，有很多時候都覺得一片凌亂，很多事都不再只能留在腦中整理了。

這裡發生了這些事，那邊又有了狀況。我接到許多的電話和郵件，這些事我都得一樁一樁去解決。可是如果只掌握到其中隱約的氣息，我或許會覺得，「好多事都不順利」「問題真是堆積如山」，徒然讓心情更憂鬱。

所以，我把這些看似氛圍的東西化為文字，讓它具體成形。

我自己在這麼做之後，往往心情就會暢快許多。

我的電腦桌面上有一個檔案夾，在那裡寫下我每天不經意想起的事，整理我的頭腦。在我一個人獨處的時候，我會打開這個檔案夾，「把模模糊糊看不清楚的東西化為文字」。

我經常開這種所謂的「一人會議」。

如果要各位自己宣布會議開始，「好，現在開始一人會議」，大家或許不知該從何著手。

其實，重點就在於對自己提出疑問。這麼一來，答案就會自然而然出現。

另外，在這種時候，如果覺得「我就是無法集中精神」「腦袋沒辦法思考，什麼都想不起來」，那麼可以試試轉換環境和方法。**我建議各位可以挑選自己喜歡的地點、喜歡的氣氛，這就等於擁有自己的綠洲。**

自己的綠洲，並不是指自家（＝第一個地方），和工作場所（＝第二個地方），而是另外一個擁有不同歸屬的空間。就像是一個「自己」的立身之處一樣。

在生活中，最好一個人能夠擁有這樣的「第三個地方＝綠洲」。

以我來說，那就是位於高樓上的咖啡廳。

一開始我覺得很不自在，但是去了幾次之後就漸漸習慣了。現在在這個地方度過的時間，讓我覺得很愉快。

不管生活再怎麼忙碌慌亂，不、應該是說生活愈是忙碌慌亂，我愈重視能在綠洲裡度過的一人時間。

能面對自己的一人時間。

有沒有這樣的時間，我想會給人生帶來很大的改變。

覺得迷惘的時候，就一個人安靜地停下來。

側耳傾聽自己心裡的聲音吧！

No.27

關於「靜與動」

STATIC & DYNAMIC

Keyword: 27

「靜的時間、動的時間」
這樣的張力，
對我來說，
或許相當重要。

在每天的生活當中，靜與動的平衡非常重要。

在人的行程裡總是不免地有較多需要頻頻活動身體的部分，因此在日常生活中，如果我不刻意確保高品質「靜」的時間（＝面對自己的時間＝一人作戰會議的時間），經常將自己整理為簡單的狀況，那麼心中滿溢的靈感或者思想的精華，就會白白被棄置，在不知不覺中消失。

反過來說，有時候老是一個人安靜思考，也可能會遇上瓶頸，讓腦袋愈來愈僵硬。

對我來說，「動」的時間，是去感受各種事物的時間。

在「開心、美味、舒適」雷達的引導下，我不斷地活動。那些令我驚訝、讚嘆的事，打動了心房，在跟別人交談之中，發現、感受，也交換了許多訊息。

反過來說，「靜」的時間，是我將所感受到的事進行整理，進行輸入和輸出的時間。

從時間的規劃方法，到各種企劃，把這些寫在紙上，利用這段時間成為讓腦筋清醒單純的時間，或者是把「動」的時間感受到的愉悅與他人共享。

一直不斷地活動，會導致無法正確整理輸入進來的寶貴資訊。

這麼一來，我本能地就會想一個人坐在電腦前，不跟任何人見面，或許聽音樂，或許只是在街上散步，我會讓自己保留這樣的一段時間。

像這樣取得平衡，或者說，進行頻道的微調。

不過，相對於工作或者目標，沒有提出一定的結果也是不行的。

以我來說，我所有的工作都是自己的責任，簡單地說，只要能做出結果，每天的日子要怎麼過都行。

在做出結果的大前提下，我會特別注意該怎麼樣才能保持好的精神狀況。

所謂「好的精神狀況」指的並不是「輕鬆」。

我的朋友樹屋設計師小林（小林崇先生），也曾經說過一樣的話。

小林他說過，衝浪是他的一大重心，在小林先生內心的平衡感當中，如果

STATIC & DYNAMIC 關於「靜與動」

沒有衝浪，他精神上就會變得古怪，衝浪能讓他淨化自己的情緒。

每個人處理的方法不同，有人藉著跟朋友喝酒達到這個效果。喝完之後覺得滿心暢快，明天也能好好加油。在別人的眼中或許只覺得「他成天喝酒玩樂」。不過，對那個人來說，這是不可或缺的重要時間。

為了做出結果，與其不斷地「動」，還是需要類似衝浪、喝酒等等這些閒暇時間。

比方說，我在截稿期之前會特意打開電視看大聯盟比賽。

如果沒有讓自己跳進一個完全無關的領域裡，總覺得思慮會打結，無法繼續再向前走。

另外，我也可能去跑步、沖澡等等，讓自己完全切換一次，否則，再怎麼留在原地掙扎也沒有用。

這種「靜的時間、動的時間」的張力，對我來說相當重要。

所以我總是會確認自己的精神狀態。

我會問自己「最近過得怎麼樣？」然後調節到讓自己覺得舒適的位置。這並不是用腦筋想，只是聽從自己的感覺去決定。**站在這一點來看，我並沒有努力想「取得平衡」，我覺得當我腦中不再有「平衡」的想法，才是我最能達到平衡的時候。**

所以我不會刻意意識到自己的平衡感，我只是確信讓自己的腦袋重整的好處，然後將自己調節到舒服的位置上。比方說，吃了辣的身體就會想吃甜的不是嗎？我大概就是靠這種感覺，來取得自己的平衡。

當自己覺得舒適，就表示已經取得了完美的平衡。不需要太過在意，如果覺得奇怪，那就是一種警告。

自己的感覺完全吻合自己的期待。

我希望能夠每天舒服地活在這種好的平衡、好的精神狀況下。

不刻意去取得平衡的人，

其實都有著理想的平衡狀態。

No.28

關於「等身大小」

LIFE - SIZE

Keyword: 28

等身大小的我只是個孩子。
用力伸長背脊，
勇於挑戰吧。

LIFE - SIZE

關於「等身大小」

我不太喜歡「等身大小」或者「維持現狀就好」這些話。

因為我並不認為那是「好的狀況」。

不管工作、運動，或者自己的個性、精神上的狀態，什麼都好，我想每個人都會出於本能，努力朝著自己的理想前進。

為了更接近理想的自己，我願意繼續努力。

當然，我並不是事事努力。

最終還是要面對自己。自己的欲望就是全部。

我並不是朝著沒有欲望的地方，勉強自己去努力。

「要為了什麼而努力」才是最重要的。

「等身大小」這幾個字，包含著不想勉強自己的意味在內，所以才會覺得保持現狀是最好的。

也有人說「我討厭努力的自己，我討厭掙扎努力的狼狽，我希望能活得俐落帥氣」，**假如是個不需要努力也能成功的天才也就罷了，但是，不努力就不**

能成就大事，這樣到底有什麼帥氣的呢？

而且，所謂的等身大小，其實就只是個孩子。

我希望朝著自己的目標，不斷地伸長背脊往前挑戰。

但這並不是對或不對的選擇，如果有人希望維持現狀，在不帶壓力的狀況下生活，那也無不可。這只是我自己個人的美學而已。

我對於自己心目中的目標會不斷去挑戰，在重複失敗當中，漸漸感受自己逐漸成長的能力，成為理想中的自己。因為我覺得這樣的人生要有趣得多。

等身大小，就只是個孩子。如果心裡覺得「我討厭現在的自己，我要變得更強大！」那麼就不應該逃避，應該勇往直前。

有時候當人選擇不去面對的時候，會用「我不挑戰，因為那不是我的風格」來合理化自己，其實終究都是在逃避。

哪一種人生才幸福，只有本人才知道，而我認為，勇敢面對、不逃避非常重要。**任何事都勇於面對，這樣才能夠前往下一個世界。**只要逃了一次，就會遇到更多不得不逃走的陷阱，讓你的想法愈來愈狹窄。

另外，我認為「拚命和認真」這件事本身就很重要。

回想過去的自己，當我覺得「這件事真不錯」的那個瞬間，其中一定包含著很多努力。自己認真努力過的事，會讓別人開心、做出成果。這種時候會讓我覺得「啊，真好」，心裡滿滿都是幸福。

從學生時代加入社團時就是這樣。假如只是半吊子地投入，根本回想不起任何幸福的回憶。

沒有認真投入過就看不見幸福。

跟別人一起工作時，正因為雙方都很認真投入，所以才有趣。假如帶著「隨隨便便就可以」的感覺，就算恰巧順利，我也一點都不覺得有趣。

我希望能永遠保持認真投入的精神，也不斷尋找能讓我認真投入的目標。

因為幸福永遠都藏在認真努力的背後。

No.29

關於「角色」

CHARACTER

Keyword: 29

不需要想活出自我風格，
當你發現自我風格其實根本無關緊要時，
自然就會活得像自己。

我經常覺得，不需要死守著自己的角色。在我身邊經常有人說我是「旅人」或者「年輕人的教主」，但是，我是從來不想要持續扮演那些角色的高橋步。

我希望永遠是個「讓人摸不透」的人。

因為我只是努力投入，燃燒每個當下的自己。

年輕時候聽到別人問我，「你的頭銜是什麼？」我會半開玩笑地說「自由人」，現在這樣的稱號也不知不覺中定型了。

我當初只是單純覺得「頭銜有什麼重要的嗎？」所以才回答自由人。並不是想要刻意強調「我是自由的」。「我這個人不需要頭銜」說起來有點高傲，如果說「我的頭銜就是人」，又好像太過做作，似乎在招搖撞騙的感覺。所以我才故意說是自由人。而沒想到這竟然變成我的正式稱呼，實在讓我心情很複雜。

我曾經聽過**「人會被制服定型」**這句話，也不知道是誰說的，我覺得說得一點也沒錯。

我倒不是不希望周圍的人用特定的眼光看我，只是因為我心裡有股欲望，「希望自己不要被定型在某個角色的框架當中」。

我自己非常容易受影響，很容易進行自我洗腦，正因為很清楚這一點，所以我總是刻意小心，不要受限於角色的形象當中。

因為當一個人說「我就是這種人」，那他就真的會變成那樣。

假如這個角色讓你覺得自在，倒也沒什麼問題，但是，若一個太過僵硬的形象「高橋步是不會做那種事的」，這樣的束縛會讓我覺得非常麻煩。

自我風格這幾個字也一樣。

我覺得到底有沒有自我風格，並不是由自己來判斷的。周圍的人說「這樣很有阿步的風格」，這我可以理解，但是如果自己說「我就是這種人」，那就會因此而形成一個框架。

為什麼要用自我風格這幾個字來塑造角色，自己束縛自己呢？

當然，我也免不了有這一部分。

比方說跳舞。有時當我有一點想跳舞的心情，卻覺得很不好意思，心裡會想：「我跳舞太奇怪了吧？」

但這其實也是多餘的角色設定。想跳就跳，其實根本無所謂。

不需要有任何束縛自己的枷鎖或框架。

可是當人太過在意自我風格時，就會形成這樣的枷鎖。

所以，當一個人不再去思考自我風格時，一定能夠活得更像自己。

不需要考慮自己是不是能活出自我風格，當你發現自我風格其實根本不必要時，自然而然就會活得像自己。

前一陣子，我看過吉卜力宮崎駿先生的一篇有趣採訪。

「當我用導演的眼光來看自己時，我的眼睛裡就只能看得到導演看到的事。不過，當我用一個動畫家的眼光來觀察，眼前的景色又大為不同。」

人一旦決定自己是什麼，連眼中所看的東西都會一併受控制。

舉個近在身邊的例子，當孩子出生，自己成為父親或母親的時候，總會覺得「最近這附近是不是多了許多小孩？」「有沒有覺得推嬰兒車的人變多了？」

但眼前其實什麼都沒有改變。只是因為自己的意識改變，所以特別注意到這些事而已。反過來說，有很多東西就算眼前都看見了，也可能因為意識的不同而沒有發現。

人會因為這些自我設定而改變眼界。

我人生的前提是「這世界上充滿有趣的事」，所以我的眼前才會看到這麼多有趣的事。

當然我沒有辦法看到全部，可是我盡量用許多角度去看，本能地想接觸到更多有趣的事物，所以我才不希望被角色或者頭銜這些東西束縛，縮小了我的視野。

我的朋友拓司（山崎拓司先生），跟人見面時總是會問對方「最近有什麼新鮮事嗎？」這一點我跟他也很相似。

所謂的新鮮事，很多時候都是因為別人的興趣而開啟通道的。

之前我也曾經跟另外一個朋友，暢談過歌舞伎。我原本對歌舞伎一點興趣都沒有，但是聽著聽著，我突然動了想去看的念頭。實際去看了之後覺得，「咦，原來這麼有趣！」對我來說，又打開了一扇新的門，世界更加寬廣。

如果我受限於「我就是個不看歌舞伎的人」，被這樣的角色束縛而遮蔽了這個可能性，我就沒有打開新門扉的機會了。

「我就是個原始人啦」或者「我對數位不太行」，我經常聽到這些話，我真心覺得太可惜了。其實根本不需要想這麼多，只要覺得有趣，放膽去試試就行。

還有，人大腦成長的速度，如果以人生八十年來算，聽說前十年和剩下的七十年是幾乎相等的，這讓我覺得非常有意思。

對腦來說，重要的是「新事物」，所以在十歲之前接觸的新事物，跟十歲到八十歲所接觸的新事物分量，據說幾乎是差不多的。所以成長速度也會與接觸到的新事物大略相等。

當我跟拓司談到這件事時，他說：「在外界的眼光裡，阿步你目前為止的

CHARACTER

關於「角色」

人生是不斷拋棄一些該守護的安定感，到海外工作、搬家，本能地在尋求新事物。因為你不受這些框架限制，所以才能自然而然地驅動自己的大腦吧。」

說不定真是這樣。

我經常說**「人一輩子就當個無名小卒吧」**，這一點或許也是一樣的道理。

想成為成功者？想開大公司？想當有名人？這些都無所謂。

我不希望被角色或頭銜束縛，永遠當個無名小卒，不忘學習的心，繼續不斷地遇見有趣的新事物，然後成為一個格局更大的人。

自我風格根本無所謂，

就算不去刻意尋找，

「自己」，就在當下眼前。

No.30

關於「失敗」

FAILURE

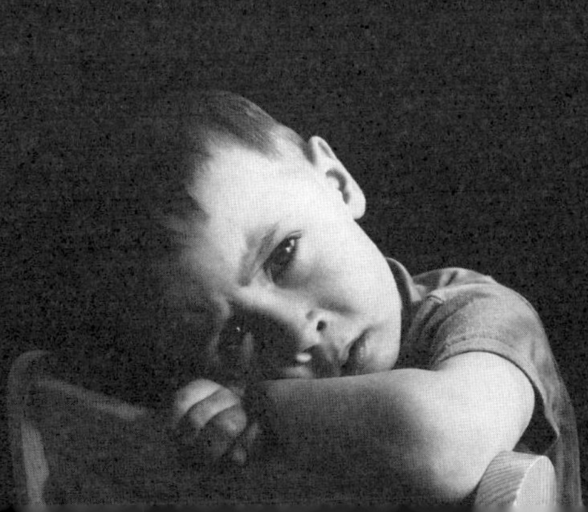

Keyword: 30

只要一直做到成功為止，
就一定會成功。
一旦順利完成，
過去所有的失敗，
都稱為經驗。

我從來沒有「糟糕，失敗了！」這種想法。

雖然有過不少「咦，好像有點不妙」，或者「跟事先預想的不太一樣」的狀況，但我馬上會轉換想法，「那接下來該怎麼辦呢」，並且馬上展開行動。

我並沒有一般所謂失敗的感覺。

這可能只是觀點的問題。

要把這些視為「失敗」，或者視為「經驗」。

可能因為我選擇將其視為經驗，所以不覺得失敗吧。

我們經常聽到「開始接觸新事物時，因為腦中掠過失敗的可能性，所以跨不出第一步」，但是我完全沒有失敗與否的概念。

遇到工作辛苦時，我同時也覺得有趣。

這其實就是跟有趣之間的平衡。

因為覺得有趣所以才去做。如果不覺得有趣，就沒必要繼續。

基本上我只做我自己想做的事，所以就算辛苦也無所謂。

FAILURE

關於「失敗」

再說，就算失敗又有什麼關係？

如果害怕失敗，就什麼也無法開始。

首先，凡事都不可能一開頭就順利。一個業餘的外行人，怎麼可能一開始就懂得所有事？

別說七轉八起了，我根本就是抱著億轉兆起的精神。

不順利的時候，只要將來不再重複一樣的失敗，那麼總有一天可以收集到所有失敗的材料。這就是達到「掌握訣竅」的狀態。

由此之後事情才可能順利，同時在將來帶來成功。

當然，如果一直重複一樣的失敗，那就像個在滾輪裡不斷奔跑的天竺鼠一樣。可是，只要不重複錯誤，總有一天一定能到達終點。

所以追逐夢想並不是賭博，這是一場只要不放棄，最後必定能獲勝的遊戲。

失敗並不羞恥。

但是因為失敗而喪失了能量才是羞恥。

以我自己來說，向來認為「人生只要整體收支平衡就行了」，這個想法影響我很大。

比方說，有三年時間過得不太順利。這時候只看這三年，或許會覺得不太理想。但是有了這次的經驗，從人生整體看來，我在人生的最後回顧這件事時，可能會覺得「那段日子果然是有意義的」。

所以連續兩、三年的厄運不會讓我沮喪，因為人生有八十年之久。

就算一開始不太順利，只要不逃避，堅持努力，最後大獲全勝就行了。

這麼一來，失敗也終究能夠成為酒席上談笑的話題。

七轉八起？

太天真了。

要抱著億轉兆起的心態前進。

No.31

關於「成長」

GROWTH

Keyword:31

溫柔、堅強、愛、自由、幸福，
重要的事，
存在自己身體當中。
人與生俱來就擁有這一切。

所謂成長並不是獲得。

而是捨棄，還有回想。

這種感覺，最近在我心裡愈來愈清晰。

這是在我三十多歲有了第一個孩子之後，第一次感受到的心情。也許跟我自己教養兒女的經過有關吧。

在養育兒女的過程中，起初我會覺得，「一定要讓孩子們多學些東西才行」。換句話說，這就是用角色把他們武裝起來，替他們儲存新的經驗值，我這樣的念頭愈來愈強。

可是，我發現孩子們與生俱來就有許多相當出色的資產。

實際上在教養孩子之前，我模糊有個印象覺得「孩子是在透明的狀態下來到這個世界，然後漸漸添加了顏色」，而養育兒女的過程中，我發現「不，其實孩子一開始就有非常豐富的色彩」。

我的兩個孩子，兒子和女兒雖然吃同樣的東西長大，但是他們對食物的喜好完全相反，個性也完全不同。

我和妻子沙耶加可以很有把握地說，對兩個孩子的相處、教養方法，還有價值觀絕對沒有任何差異，但是兩個孩子卻明顯地有不同的個性。

這就表示他們與生俱來的東西絕對不一樣。

看著這樣的孩子，我強烈地認為「啊，沒有錯。孩子們不需要再學什麼東西，**只要他們能夠順暢地把自己與生俱來的精采天分表露出來，那就是最能感受到幸福的人生了**。」

這些與生俱來的東西，假如剛好跟自己所選的職業，還有在公司和夥伴之間的立場相符，那麼每個人都可以活得非常幸福。

可是，如果忽視掉與生俱來的特性，而硬加上奇怪的限制，那麼就會看不見原本的自己，可能會過得很辛苦。

所以，與其覺得所謂成長，「就是要學會許多東西」，我更認為成長其實是「人的身上有太多多餘的東西，應該盡量去除，大膽地將自己的感性和泉湧而出的情感，投注在自己想做的事情上而活。」

GROWTH 關於「成長」

溫柔、堅強、愛、自由、幸福，重要的東西存在自己的身上。
人與生俱來，就擁有這些。
所以不需要再學會新的東西，只需要去回想起來就行了。

我在教養孩子的時候相當注意不要因為父母的理想或成見，去誘導孩子們的天分。

之前，我們全家去看了《狼的孩子雨和雪》這部電影，當時孩子們的反應很有趣。

一個少女遇見了「狼人」，他們兩人生下了「小狼人」，一對姊弟漸漸成長而自立，這是一齣以親子為主題的電影。在電影裡面提到，孩子們必須選擇將來要「當人還是當狼人」，他們的母親搬到鄉下教養他們。

一般的母親，應該會想要孩子當人吧？看到孩子偶爾露出狼性，應該會努力誘導他們「不行不行」。

電影裡的母親似乎並沒有拘泥於任何一者，雖然自己並沒有辦法跟孩子一樣奔跑。但是，她也盡力跟孩子一起體驗當狼的愉快，她也告訴孩子們當人的好處。最後她跟孩子們說：「你們可以選擇任何一種自己喜歡的將來。」我覺得這非常了不起。

我跟妻子沙耶加說：「要是我，很可能會擅自判斷，以扶養人類孩子的方式來教養他們，讓他們盡量不要露出狼性。」

我也問了海（兒子）和空（女兒），「那你們兩個想選哪一邊呢？」海說「我想當人」，不過空告訴我，「我不知道該選哪邊，看到當狼這麼愉快，好像很有趣，我想先試試看再說。」

真有趣。我覺得這種感覺都是很重要的訊息，能引發我深思。

身為父母，我們很注意不要用莫名其妙的「常識」或「一般」等框架，套用在孩子的成長、教育上。而是認真傾聽他們自己的想法。

「你是怎麼想的？」確實提出這樣的問題，盡量誘導出他們自己的欲望。

同時，我也很注意讓他們體驗各種不同的事，給他們各種刺激。

還有，當我感受到孩子的好奇心和感性時，釋放出「讚許、認同」的氣氛，我覺得是身為父母的工作。

前面突然變成育兒經了，不過，其實大人也一樣。

不斷地問自己「你是怎麼想的？」藉此誘導出自己的欲望，盡量去體驗自己覺得有趣的事，才能讓自己成長。

回想起自己曾經與生俱來的資產，大大方方靠自己的感性，還有泉湧而出的情感，去做自己真正想做的事就行了。

重要的東西，已經都在自己身上了。

側耳傾聽自己內心的聲音。

不要用頭腦想，要向著自己內心深處說話。

試著回想起來吧。

你不需要知道任何新的事物。
只需要去努力回想。

No.32

關於「規則、美學」

RULE

Keyword: 32

定下自己的規則後，
就不再迷惘。
相反地，
一個沒有自己規則的人
就無法選擇道路。

別人定下的規則，會帶給我束縛，不過自己定下的規則，卻能夠帶給我解放。

在我心中的規則，是為了讓自己快樂、幸福生活而規定的。

自己所定下的規則，絕對要遵守。

但是外界一般認為「普通」的事，其實根本無所謂，還有「常識」跟周圍的眼光，也都不需要在意。

有沒有確實遵守自己的規則，只有自己才知道。

所以我很喜歡**「不對自己說謊」**這句話。

當周圍的人問我，「阿步，你為什麼總是這麼地堅定，這麼有把握呢？」這時候我的心裡就會浮現這句話，「因為我不對自己說謊」。

對別人說謊時就算沒有被發現，自己也全都知道。如果自己言行不符，總覺得胸口會留下一些陰影和煩躁的感覺。

雖然稱不上是零，但我敢說在我心裡幾乎沒有這樣的感覺。

我不對自己說謊。我的人生不需要謊言。

正因為我不對自己說謊，所以我可以保持自己心裡的暢快。

當然，人生有時順利、有時不順利，但是我可以抬頭挺胸地宣稱，我不會對自己說謊，因為這樣才能夠活得自在舒適。

比起規則，或許用美學這兩個字，大家更容易了解吧。

遵守自己的規則，其實就等於貫徹自己所相信的「美學」。

舉個簡單的例子，「要不要跟朋友相約喝酒」。就連這麼簡單的事，也有很多人無法遵守，我一定會守信，因為這是我的美學。

比方說，我在印度經營的學校（貧窮的孩子可以免費去上的自由學校），建立這個學校過程中有很多不順利，經營上也有很多辛苦的一面，其實我也沒有什麼理由非辦學不可。

但是，因為這是我自己開頭說要做的事，所以在我的心裡並沒有「放棄」這個選項。

RULE

關於「規則、美學」

這種「自己的美學」在我心中相當強烈。

說規則，或許會有種受到束縛的感覺，不過，真正正確的規則，能夠把自己導向更自由的境界。

定下自己的規則，就再也不會迷惘。

相反地，一個沒有自己規則的人，就無法選擇前方的道路。

自己的價值觀、自己的美學、自己的風格、自己的信念、自己的人生態度。

要怎麼形容都可以，最好先試著將自己內心深處的想法，以簡單的語言記錄下來。

由此，一定可以產生規範自己人生的規則。

規則不是給人服從的。

是要自己建立的。

No.33

關於「常識」

COMMON SENSE

Keyword: 33

「常識」也好，
「普通」也罷，
根本無所謂。

最近我對來看我談話節目現場的一位女性觀眾，說了下面這段話。

「所謂好女人，不需要以社會一般定義的『好女人』為目標，只要成為自己喜歡的人心目中的『好女人』就行了！」

說實在，根本沒必要把社會一般定義的「好女人」當作目標，應該把精力投注在探索自己喜歡的人心目中描繪的那個「好女人」才是。

當我這麼一說，大家明明都認為「對啊，一點也沒錯！」但將同樣的概念套用在人生或生活方式的課題時，又會覺得「跳脫常軌好像不太妙啊！還是用社會一般常識來思考，平平凡凡地過日子比較好吧！」

但無論面對喜歡的人或是生存方式，其實都是一樣的道理。

即使社會大眾普遍認定「瘦才是美」，但萬一自己喜歡的人覺得「我就是喜歡胖胖的女生啊！」那減肥豈不等於自絕後路？人生其實跟這種概念也很類似。

毫無意義、約定俗成的「常識」，或是社會大眾所謂的「正常」，說真的，根本無須理會。

但這也不全然代表可以完全不在意他人眼光。

像我，我就希望在太太沙耶加心目中一直保持英雄形象，也永遠是孩子心目中的超酷老爸。說得極端一點，就算全世界的人都討厭我，只要家人愛我，我還是會覺得幸福。

在這層意義上看來，或許不完全是不在意他人眼光。或許應該說，我只會在意對自己而言重要的人怎麼想。

對我來說，那就是沙耶加還有海跟空的眼光；反過來說，我所在乎的也就只有這些了。

其他的事我只會考慮自己是不是認為值得。

也許有人會說：「不被常識束縛，充其量不過就是獨斷獨行、自我滿足吧？」但我認為一開始真是這樣也沒有關係。

如果沒有把自己以為的好傳達給許多人，那真的只是所謂獨斷獨行、自我滿足。但如果突破這一層，把理念傳達給許多人、讓眾人開心，那一切都將不同。當你能拿出看得見的成果，周遭的評價也會有一百八十度的轉變。

失敗開始被稱之為「經驗」，任性改名為「堅持」，自我滿足叫做「原創」，莫名其妙被譽為「嶄新」，沒有協調能力是一種「個性」。原本被稱為阿宅的人，只要堅持到底就會被認定為專家。

一切都從自我滿足出發。沒什麼不好。

我們也常聽到「打破常規」這種說法，但我這個人原本就從不在意常識這種東西，根本不曾想過「常識是什麼？」

當然更不會有要打破常識的念頭。

我的人生中原本就有這個大前提，認為每個人心中的常識或價值觀本來就不一樣。

演講時主持人要求我：「最後請跟大家說幾句話」時，我總是覺得很困擾。畢竟在場的每個人年齡、性別、成長環境各不相同，我很難決定要說些什麼。

假設同一個場合中有五個人發言，每個人的意見跟想法一定幾乎都不一樣

COMMON SENSE 關於「常識」

吧。

常識這種東西，其實只是某些人莫名其妙建立起來的東西。

再說，社會上所說的一般常識，也會隨著時間不斷變化。不久之前大家下意識都還有著「考上好大學才能進好公司，一輩子安穩幸福過日子」這種常識，而現在這種觀念也都改變了。

所以說，根本不必在意那些事。

無謂的僵硬常識根本是沒用的鼻屎，一口吞了吧！

用不著規規矩矩。
也不需要追求正常。
只需要順其自然就行了。

No.34

關於「人際關係」

RELATIONS

Keyword: 34

遇到不好的狀況，
都先回頭看自己，
「這都是我的責任，
我一定可以扭轉現況」。

我認為所有負面的事歸結起來「全都是自己的責任」。

比方說，公司裡若有什麼好事發生，我總認為是大家分工努力的結果；但發生壞事的時候則完全相反。假如某個夥伴犯了一個幾乎足以讓公司倒閉的錯誤，儘管我嘴巴上會唸個幾句，但基本上還是認為那是我的責任。

再說得精準些，找他一起來合作的是我，讓事情發展到這個地步的也是我。歸根究柢都是出於我自己的意志，因此在我的思考邏輯裡，不會出現想責備這個人的想法。

「當初要是這樣表達說不定比較好」「早知道我應該用這種方式來參與」「那個承諾如果改成這樣，說不定會有不同結果」，我會像這樣把問題歸結到自己身上。接著再去思考「那下次該怎麼做才能讓事情更順利」，往下一步邁進。

發生好事時，與夥伴共享喜悅，「太棒了！我們一起辦到了！」發生壞事時讓問題回到自己身上，「都是我的責任，我一定可以扭轉現況。」這已經成了我自己思考的習慣。

因為這麼一來，就能把心態切換到改善的方向，思考「下一步該怎麼走？」

把過錯推給他人，或者試圖從夥伴中找人定罪，什麼都解決不了。與其這樣，還不如儘早轉換想法，思考該怎麼解決眼前的問題。

家人之間也是一樣的道理。

有時沙耶加（妻子）跟海（兒子）吵架，沙耶加會覺得「都是海的錯」。這種時候我們夫妻倆會好好討論。

「教養孩子的是我們對吧？所以我們應該思考身為父母該採取何種行動才是，而不是去指責海的行為吧？」

假如「海說話的口氣很差」，該思考的不是海的態度差，而是思考身為父母該怎麼處理，想想自己該做什麼，才可以讓海不再用那種口氣說話。

所以不要只是責怪「都是海的錯」，而應該去問「海最近講話的口氣不太好，該怎麼告訴他他才願意改呢？」如此一來，問題就能朝著解決的方向前進。

要是我也跟著附和：「就是說啊！這小子的口氣也太糟糕了吧！」那完全沒有意義，只會導向「海很糟糕」這個結論罷了。

最糟的就是把話題延伸到當前的世道。

「這年頭就是這樣，書上不是也寫了嗎？最近小孩子講話的口氣愈來愈糟糕了。」但說這些，最後只是抵達一個什麼都解決不了的終點而已。

工作也一樣，把自己出版的書賣不出去簡單歸咎於「出版業不景氣」，那明天起根本看不見未來。

「我該怎麼做才能讓書賣得好？」這樣的思考方式，不但心態比較健康，也能帶來實際的結果。

之前討論到人際關係話題時，有人問我：「該怎麼跟自己不和的人或討厭的人好好相處呢？」以我來說，首先會讓自己有個「就算不往來也沒關係」的選項。

關於「人際關係」

為什麼非得跟天生八字不合拍的人勉強往來呢？就算是因公認識或者公司同事，但這世界上的公司多得是。**假如真的很討厭、無論如何都無法忍耐，不往來也是一種選擇**。

但是，如果自己無法割捨的目標就在那裡，也不願意就此放棄而大繞遠路，那就下定決心「繼續想辦法與對方相處」，接下來再思考對策，想想究竟該怎麼做才好。

「改變對方」並不容易，嘴巴上要求別人改變，對方也不會輕易改變。既然如此，還不如改變自己比較快。

就拿表達方式來說也是一樣。假如想傳達的事怎麼也無法好好表達給對方，也絕不是對方的錯，只是自己的表達方式無法打動對方罷了。**對方無法理解時無須唉聲嘆氣，只要繼續磨練自己的表達能力就好**。

我在這方面的切換還挺得心應手。

我想，這應該是「決心」的力量吧。

我們無法改變他人，但可以改變自己。
問題或大或小，但大多數問題都能憑藉這份決心去克服。

No.35

關於「現在與未來」

PRESENT
& FUTURE

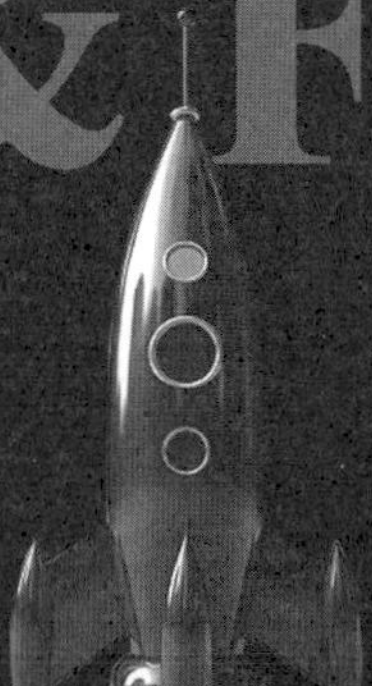

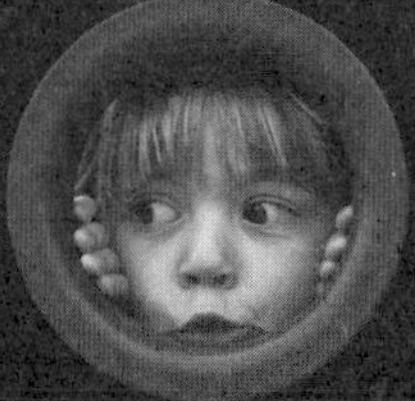

Keyword: 35

我們不要為了未來
而忍耐當下，
而是要為了未來
愉快地活在當下。

PRESENT & FUTURE
關於「現在與未來」

要努力從事某件事時，經常會聽到「再冷的石頭坐上三年也會變暖！」或「為了未來要忍耐當下！」這一類的話，但我聽了總覺得沒有共鳴。

在石頭坐上三年，如果是在一塊平凡無奇的石頭上坐上三年，根本是浪費時間。一塊石頭適不適合，不用花三年時間在腦袋裡空想。

要是不喜歡這塊石頭，花兩秒鐘就夠了，馬上往下一塊石頭移動！

有人可能會說：「這難道不是逃避嗎？」但我打從心裡認為：「**決定放棄不是逃避，一直繼續做討厭的事，才是最大的逃避！**」

「討厭歸討厭，但還是有開心的事啦。」故意不去看缺點，只將目光聚焦在優點上，但自己心裡其實都很清楚！

明明真的討厭，卻打迷糊仗繼續下去，這才叫真正的逃避吧？

相反地，一心想做的事、自己喜歡的事，會抱著必死決心，不眠不休地努力。

我才不想在同一塊石頭上枯坐三年。既然要做，就不顧一切拚命努力。用最快的速度學會該學的技能，我想一塊石頭大概坐上三個月就夠了，接下來就得加快腳步繼續往前邁進。

當然，如果找到一塊想一直待著的石頭，或許會為它而停留駐足。

「為了未來而忍耐當下」，就表面看來這句話或許跟我現在的行動相去不遠。因為我會犧牲自己的睡眠時間熬夜趕工，為了真心想做的事向人家低頭籌措必要資金。

單就這些表面的行動來看，或許有人會覺得：「這不就是為了未來而忍耐嗎？」但在我心中還是有些許不同。

我的想法是，橫豎都決定要做了，既然要做，就盡可能開開心心去做。

二十歲時，我為了想開店，募集資金就是一個例子。

我靠自己的力量在一個月內籌到一百五十萬日幣，雖然很辛苦，但我心想：「既然下定決心要做了，就盡量發想些好點子，開開心心去做吧！」

連打電話給朋友借錢時，我也是跟四個夥伴輪流打電話，「欸，你剛剛那些台詞超棒耶！拜託也讓我摹仿一下！」或是「耶！我借到五萬塊了！」討論得相當熱烈。原本痛苦艱難的募資工作，也盡量開開心心地完成了。這樣反而更能交出好成果。

不要忍耐，盡可能讓自己開心，如此一來未來才會更加明朗。

因為太過忍耐的人，之後情緒往往會反彈，「我都忍耐到這個地步了，現在我要好好發洩！想當初我那麼辛苦……」

我覺得教養孩子也是相同道理。

父母一味忍耐、犧牲，絕對會希望孩子「把我犧牲的分通通回報給我！」這種想法反倒扼殺了孩子的成長。

我發現太過熱中於孩子教育的家長，在開口說話之前，就會散發出一股「我可是為了孩子努力到這個程度了，不要辜負我的期待啊！」的氣場。

當孩子感受到父母的期待，會不自覺地認為「就算稍微偏離自己真正想走的路，也得回應父母的期待」。這種結局誰也不會快樂吧。

我覺得所有道理都大同小異。

為了未來，現在要忍耐、努力，那麼當未來終於到來，一定會有某種形式的反彈。

就跟節食減肥一樣。忍耐食慾節食，最後極有可能復胖又打回原形。還不如享受節食這件事，「哎呀，總是有比較辛苦的時候嘛！」這麼一來未來也會變得更好。

要擁有美好未來，就應該享受現在！

所以我想告訴大家的是，**「我們不要為了未來而忍耐當下，而是要為了未來，愉快地活在當下。」**

最糟的莫過於對未來毫無期待，一股腦兒地朝著自己也不清楚的目標埋頭忍耐努力。「我對將來發展好不安，總之先努力考張證照吧！」也是類似的感覺。

進了公司後卻沒有「得認真拚了！」的覺悟，聽憑公司或上司安排的例子也是一樣。在潛移默化中被灌輸「你應該這麼做」的想法，說穿了就是洗腦，就此忍耐著毫無意義的辛苦。

PRESENT & FUTURE

關於「現在與未來」

重要的是透過自己的意志來決定做與不做。
一旦決定要做，就快快樂樂去做。

總之，不需要想得太難。
「現在」過得好，「未來」也會跟著好。
就這麼簡單。

人生苦短。
沒有閒工夫做不想做的事。

No.36

關於「人生藍圖」

LIFE
PLAN

Keyword: 36

人生藍圖，
不需要。
只要緊緊抓住最重要的東西，
拼命持續去做自己想做的事。
這麼一來，
人生自然就會勾勒出理想的藍圖。

我們很難預料自己什麼時候，會變成什麼樣子。
所以我根本用不著什麼人生藍圖。

有人說，「為了晚年要做好人生規劃」，或者「人生藍圖是讓人生一帆風順的準則」，但問題是自己覺得這些計畫到底哪裡有趣。

這跟旅行很像。的確有人比較喜歡大致確定行程，但我不一樣。我的個性**「一開始計畫就很難看見計畫之外的東西」**，但我很重視這些部分。

我這個人遇到意外的事，或者對生活滿懷期待，想著「今天做些什麼好呢？」都覺得很開心。這些快樂的種類不一樣。

套用在人生上也一樣。

或許有人覺得「做好一定程度的金錢規劃，能看到前景比較安心，也能安穩享受每一天」，但我自己覺得「現在到底是什麼情況？」這種感覺更好玩。

我不需要人生藍圖，沒有這種東西，才會讓我因期待而興奮不已。

只需要一頭潛進那令人興奮不已的願景中！

「為了將來好，上大學吧！」「證照還是先拿到手比較好」，這種先求保障留後路的生活方式，我也一點感覺都沒有。

憑藉保障來規劃的人生，完全沒有充滿樂趣的想像。

當個上班族，多多少少想像得到三十年後的自己。環顧公司內部，大概可以在課長或是部長身上看到樣本，想像二十年後成功的自己或失敗的自己。

我真的很不喜歡這種已經看得到結局的感覺。這讓我完全提不起勁，也一點都不好玩。

要問我自己在什麼時候會感到雀躍悸動，關鍵字大概是「接觸未知的領域」「與未知的世界相遇」這類吧。

所以我才選擇了這種生存方式。

與生俱來的「雀躍感應器」對於「啊？這什麼？」的突發狀況，感應度特別高。

這指的可不是要大家去冒險犯難或挑戰危險的事。

我寫過《每天都是冒險》這本書，實際上我每天確實都是麻煩一堆，所以我才說「每天都是冒險」。

面對種種問題，漸漸提升自己，就像遊戲闖關一樣很有意思。

當然我們也可以小心翼翼盡量不製造麻煩，也不去挑戰，就這樣呵護著已成形的小小成果，盡可能排除新的元素，守住最低限度的收入。我想這樣並不難。

但我還是比較喜歡一直挑戰新事物。

我希望讓自己持續成長。

直到人生最後一刻，我都要一直冒險生活！

還有，我覺得最重要的是取得家人的理解。

比方說，我會告訴妻子沙耶加：「我可以保證會留下足以維持生活最低限度的金錢，但是如果展開讓我覺得心動的新事業，這些穩定收入和住處就有可能變動。」

以前我也經常跟沙耶加說起這些事，因為家裡可能突然變得很窮。沙耶加跟我在一起也二十年了，她一直很信任我，總是對我說：「只要人生到了最後能有成果就好了！」

正因為能相互理解，所以可以一起享受人生。一定得把自己的人生觀分享給一起生活的夥伴。

我想這也是一種使命。

只把真正重要的東西放入口袋。
我想永遠帶著驚奇與興奮，奔馳在世界的道路上。
一輩子當個真正男子漢。
一輩子當個旅人。

No.37

關於「想像」

IMAGINE

Keyword: 37

心懷期待地想像吧！在未來的場景中「這麼做，會超級快樂！」

我有一個習慣。

就是想像，也就是IMAGINE！

簡單來說，可以從兩個角度來看。

一是想像未來「這麼做會超級快樂！」的習慣，一是想像「如果我是他……」置換為他人角色的習慣。

有人喜歡說些艱澀的大道理，例如要鍛鍊想像力啦、要培養同理心等等，但其實這純粹只是一種習慣。

我的畢生課題是「成為一個堅強、溫柔、器量大的人」，在邁向這個目標時，我從以前就覺得這種「想像習慣」很有意思，也希望跟團隊及夥伴之間共同培養這種習慣。

我們常聽到人說**「要把想像化為現實」**，一開始聽到這種話，我本來覺得好像某種招搖撞騙的成功哲學，但現在我自己也有了深切共鳴。

我很認同「將現實拉近」或者「現實自然會跟著來」這些話。那並不是我特別擁有的能力，而是人類這種生物具備的一種性質。

我有一位朋友清田恭章擁有超能力，他就把這種性質用超能力的形式來表現。

說到這裡，我想到之前有件有趣的事。

清田先生用超能力把湯匙弄彎時，「會先想像『湯匙彎曲的樣子』和『看到湯匙彎曲後周圍的反應』以及『當時自己的心情』這三件事，接著便會帶來現實，也就是湯匙會彎曲。」

清田先生可以用三分鐘的時間辦到，但是他告訴我，「阿步你其實花了三年時間。開設自己的店，也就是一種超能力。只是短跑跟中距離跑的差別罷了。」聽到他這麼說，我馬上了解。

二十歲開了我自己的店時，確實就是如此。

為了開店，我跟夥伴四人在一個月內得籌到六百二十萬日圓，當時確實很辛苦。我們四個人也自然地經常會聊起，「如果我們開了店……」例如說：

「第一天要弄個開幕酒會吧？這是一定要的啊！」

「酒會結束之後賓客離開，整理完後四個人要一起乾杯。那時候要播放洛・史都華的〈Downtown Train〉。心情應該是八分疲憊兩分歡喜吧。我站在這裡，誠二和大輔在這裡，啟太在那邊。我們會互道『辛苦了！乾杯！』……」說著說著，細節愈來愈多，也描繪得愈來愈鮮明。

等到實際開幕，舉行了盛大的酒會。到了清晨，大家都離開了，我們四個打掃完店裡，一起舉杯。

我記得很清楚，這就是我腦中一直描繪的畫面。

我甚至覺得「怎麼有種似曾相識的感覺？」包括四個人站的位置，到每個人手裡拿的啤酒廠牌都一模一樣。忍不住起了一陣雞皮疙瘩。

這確實就是現實跟上了願景的體驗。

我總是這樣。開始新事物時的形態已經定型了。

那就是描繪出愉快的願景，然後先把自己放進那景象中，滿心雀躍，跟家人夥伴共享這些願景，讓意象更加明確。為了讓想像成為現實，擬定策略，把現在該做的事列出清單。接著一邊執行、一邊重複反省和失敗，再改變策略……這就是我一貫的方式。

我總覺得人原本就有這種能力。閱讀賈伯斯傳記時我也有同樣的感覺。許多成功的人多半會巧妙運用「願景」這個詞彙來表現。

還有，每個宗教家都很會說話對吧？這是因為他們心中已經有了清晰的影像，所以很容易舉出例子。這些人或許已經很技巧性地運用這些能力。

我雖然一直處於這種狀態，但並沒有技巧性地運用。

簡單地說，我只是因為自己開心，所以做這些事。為了讓自己保持雀躍狀態，大腦自然地發現了這一點。「像這樣去想像，就可以很興奮呢。」否則我應該也很難持續下去吧。

一感受到「好像很有趣」，馬上試著想像。

我並不是先下定決心「好！就這麼辦！」然後開始想像，而是先想像「如果變成這樣一定很好玩，太棒了！」因為覺得應該會很有趣，才決定「做吧！」

我在紐約開「BOHEMIAN」這家餐廳時，也一樣是先有想像。

「到了紐約後，早上工作結束，回家路上，跟披薩店的婆婆道早安，走在路上的我真是帥氣。」大概從這個程度開始，然後交織其他「巴布．狄倫歌聲中格林威治村那間咖啡廳」「約翰．藍儂的中央公園草莓園和達科塔大樓」「在紐約開店的我」等等印象，在我腦中描繪出美好的紐約生活。

我還會再更進一步去想像：「在紐約大獲成功的我，豈不是很酷？在上大岡（神奈川）的伊藤洋華堂打工的我，竟然來到紐約！」繼續想像。

我心想，這下不實踐怎麼行，當天就突然打電話給我的夥伴祐一，問他：「要不要到紐約開店？」當場決定了這件事。

由這一步開始，最後我的願景真的實現了。

大家經常會說到「妄想」這兩個字，**其實我並沒有去區分，「妄想」和**

「想像」。

大家都把「好像不可能實現，只是模糊在腦中想像」的事視為「妄想」。但我總是以實現為前提在想像。

「要是真能這樣就太好了！」跟朋友喝酒談笑時，最能感覺到其中的差異。「剛剛那件事你們可能覺得是我痴心妄想，但我可是認真的。」這些話我不知說了多少遍。

在我過去的經驗中，不管多龐大的計畫，一切都是從好友喝酒聚會開始的。

不過光是喝酒當然不可能實現夢想啦。

IMAGINE!

一切都從想像開始。

No.38

關於「LOVE & FREE」

Keyword: 38

愈是相愛，
心愈自由。
重要的東西愈簡單，
心就能愈自由。
不是LOVE or FREE，
而是LOVE & FREE。

我結婚之後變得更加自由。
我有了孩子之後，又更自由。
不是 LOVE or FREE，而是 LOVE & FREE。

人生在這個世間，是為了過得幸福。
工作、夢想、旅行、結婚，透過各種方式讓自己幸福度日。
我們最後的目標就在於此。

那麼我的幸福是什麼？想到這件事時，說得極端一點，就算全世界的人都討厭我，只要回到家裡，看到妻子沙耶加微笑對我說「今天辛苦了」，那我就很幸福了。

當然，如果能夠再擴大，我也很高興，不過只要有了這個我就滿足了。
反過來說，假如全世界的人都誇讚我，但是我跟沙耶加處不好，我也不覺得自己幸福。

結婚之後，生命之中又多了兒子和女兒，建立起孕育、維持我幸福的穩固

LOVE & FREE

關於「LOVE & FREE」

家庭。從此之後，我再也沒有想要對外爭取認同，「希望大家都喜歡我、認同我」的欲望，我變得能更加自由去嘗試。

看看我的身邊，結婚之後有了孩子，建立起讓人感受到絕對幸福家庭的人，他們愈能自由地挑戰、自由地生活。

此外我也覺得，「因為有可以回去的地方，旅行才會有趣」這句話，說得一點也沒錯。

正因為回家後可以感到相當幸福、安心，我在外旅行才會覺得愉快，也才能帶著自由心情去放鬆體會「外面的世界好大」。

所以我強烈地認為，一定要讓這個家成為一個美好、穩固的家。

「週末我還得回家伺候家人呢，真是辛苦。」有時候我會聽到別人這麼說，但我自己從來不說「伺候家人」這種話。

我做任何事總是跟家人一起。如果我想打保齡球，就會帶他們一起去，想釣魚也會帶他們一起。我們無論任何事都一起樂在其中，所以連環遊世界我也帶著家人一起。

我也不見得永遠能滿足他們的要求。

例如我兒子、女兒希望我帶他們去迪士尼樂園，但是我因為工作的關係很累、很想休息。這時候我就會告訴他們：「我現在正在忙這些事，所以有點累，今天想好好在家休息呢。」

這樣的回答並不會有什麼負面效果。他們會告訴我：「這也沒辦法，那我們下次再去吧！」只要彼此心靈上有穩固的關係，一點都不會有問題。

我不是上班族，時間也很不規律，有可能連續幾天都得開會、聚餐，有時候很難經常跟家人在一起。

但也因為這樣，每週大約有一次我會陪他們一整天，「好，一起出去玩吧！」或者辦一場盛大的慶生會，或慶祝聖誕節直到深夜等等。在一起的時候我會盡情享受。

關於「LOVE & FREE」

我跟妻子沙耶加之間，彼此都會刻意地積極去表達心情。

沙耶加不太擅長用口頭表達，所以她經常會傳報告簡訊給我。「這件事不太順利呢」，最近還是以孩子們的話題為多。看了之後，我自己比較習慣用說的，所以我會打電話給她，一起討論「該怎麼辦？」持續保持這種交流。我們會有意識地保留兩個人能好好交談的時間。

重要的還是表達。

即使好一陣子見不到家人，只要好好對他們解釋：「最近我都在忙這些事，所以經常見不到面。」這時家人也會覺得安心：「喔，原來如此。不是因為覺得我們不重要，所以不想見面哪。」

想到什麼就不要保留。

就算覺得是理所當然的事，也要好好傳達，讓彼此有心靈上的交流。

我就是這樣建立起讓我感受到絕對幸福的家庭。

我有一個能孕育幸福的家庭。
所以才可以自由衝撞。
愈是相愛，心愈自由。
重要的東西愈簡單，心就能愈自由。

不是 LOVE or FREE，
而是 LOVE & FREE。

跟相愛的人，共度自由人生吧！

結語

謝謝您讀到最後。
這本書的內容，是我的夥伴洋平和弟弟實，
從大量採訪和雜談當中精選出來的。
現在我自己再次重讀，老實說，
我也覺得：「我有這麼好嗎？」……笑。
不過我的核心始終沒有動搖。

僅此一次的人生，
只能忠實面對自己的心聲，完全燃燒。
今後如果有機會，
也希望跟大家一起嘗試更多有趣的事。
期待在地球某個角落，
能與各位相遇。

高橋步

*

經由下述網站的「MAIL TO AYUMU」專區，
您可隨時直接寄送郵件給高橋步。
不管是書籍的感想或是工作、餐會酒宴的邀約，都請不吝來信。
AYUMU CHANNEL
www.ayumu.ch

做了再說！

國家圖書館出版品預行編目資料

夢想不會逃走，逃走的往往只是自己 / 自由人高橋步著；詹慕如 / 白璧瑩◎譯 .——初版——臺北市：大田，民 105.12

面；公分 .——（Dream on；10）

ISBN 978-986-179-463-3（平裝）

861.67　　105019653

Dream on 010

夢想不會逃走，逃走的往往只是自己

成為自由人的腦，38 種讓你隨心享受工作、夢想、休閒的觀念

自由人高橋步◎著
詹慕如 / 白璧瑩◎譯

出版者：大田出版有限公司
台北市 10445 中山區中山北路二段 26 巷 2 號 2 樓
E-mail：titan3@ms22.hinet.net
http：//www.titan3.com.tw
編輯部專線（02）25621383
傳眞（02）25628761
【如果您對本書或本出版公司有任何意見，歡迎來電】
法律顧問：陳思成律師

總編輯：莊培園
副總編輯：蔡鳳儀
執行編輯：陳顗如
美術編輯：張蘊方
校對：黃薇霓 / 金文蕙 / 詹慕如
印刷：上好印刷股份有限公司・（04）23150280
初版：2016 年 12 月 10 日
定價：新台幣 280 元

國際書碼：978-986-179-463-3　CIP：861.67 / 105019653
Printed in Taiwan

From：地址：________________________

姓名：________________________

廣　告　回　信
台北郵局登記證
台北廣字第01764號

平　信

To：大田出版有限公司　（編輯部）收

地址：台北市 10445 中山區中山北路二段 26 巷 2 號 2 樓
電話：(02) 25621383　傳真：(02) 25818761
E-mail：titan3@ms22.hinet.net

＊請沿虛線剪下，對摺裝訂寄回，謝謝！

大田精美小禮物等著你！

只要在回函卡背面留下正確的姓名、E-mail和聯絡地址，
並寄回大田出版社，
你有機會得到大田精美的小禮物！
得獎名單每雙月10日，
將公布於大田出版「編輯病」部落格，
請密切注意！

大田編輯病部落格：http：//titan3.pixnet.net/blog/

＊請沿虛線剪下，對摺裝訂寄回，謝謝！

讀 者 回 函

你可能是各種年齡、各種職業、各種學校、各種收入的代表，
這些社會身分雖然不重要，但是，我們希望在下一本書中也能找到你。

名字／＿＿＿＿＿＿ 性別／□女 □男　出生／＿＿＿＿年＿＿＿月＿＿＿日

教育程度／＿＿＿＿＿＿＿＿＿＿＿＿＿＿＿＿＿＿＿＿＿＿

職業：□ 學生□ 教師□ 內勤職員□ 家庭主婦 □ SOHO族□ 企業主管
□ 服務業□ 製造業□ 醫藥護理□ 軍警□ 資訊業□ 銷售業務
□ 其他＿＿＿＿＿＿＿＿＿＿＿＿＿＿＿＿＿＿＿＿

E-mail/＿＿＿＿＿＿＿＿＿＿＿＿＿＿ 電話／＿＿＿＿＿＿＿＿＿

聯絡地址：＿＿＿＿＿＿＿＿＿＿＿＿＿＿＿＿＿＿＿＿＿＿

你如何發現這本書的？　　書名：夢想不會逃走，逃走的往往只是自己

□書店閒逛時＿＿＿＿書店 □不小心在網路書店看到（哪一家網路書店？）＿＿＿＿

□朋友的男朋友(女朋友)灑狗血推薦 □大田電子報或編輯病部落格 □大田FB粉絲專頁

□其他各種可能，是編輯沒想到的＿＿＿＿＿＿＿＿＿＿＿＿＿＿＿

你或許常常愛上新的咖啡廣告、新的偶像明星、新的衣服、新的香水……
但是，你怎麼愛上一本新書的？

□我覺得還滿便宜的啦！ □我被內容感動 □我對本書作者的作品有蒐集癖

□我最喜歡有贈品的書 □老實講「貴出版社」的整體包裝還滿合我意的 □以上皆非

□可能還有其他說法，請告訴我們你的說法

＿＿＿＿＿＿＿＿＿＿＿＿＿＿＿＿＿＿＿＿＿＿＿＿＿＿＿＿

你一定有不同凡響的閱讀嗜好，請告訴我們：

□哲學 □心理學 □宗教 □自然生態 □流行趨勢 □醫療保健 □ 財經企管□ 史地□ 傳記
□ 文學□ 散文□ 原住民 □ 小說□ 親子叢書□ 休閒旅遊□ 其他＿＿＿＿＿＿＿＿

你對於紙本書以及電子書一起出版時，你會先選擇購買

□ 紙本書□ 電子書□ 其他＿＿＿＿＿＿＿＿＿＿＿＿＿＿＿＿＿＿

如果本書出版電子版，你會購買嗎？

□ 會□ 不會□ 其他＿＿＿＿＿＿＿＿＿＿＿＿＿＿＿＿＿＿＿＿

你認為電子書有哪些品項讓你想要購買？

□ 純文學小說□ 輕小說□ 圖文書□ 旅遊資訊□ 心理勵志□ 語言學習□ 美容保養
□ 服裝搭配□ 攝影□ 寵物□ 其他＿＿＿＿＿＿＿＿＿＿＿＿＿＿＿

請說出對本書的其他意見：